칸자이 유카
ill. 히게네코
10
KB208900
만에 재회한
건방진 꼬맹이는
청순미소녀 여고생으로
성장해 있었다
5

CONTENTS

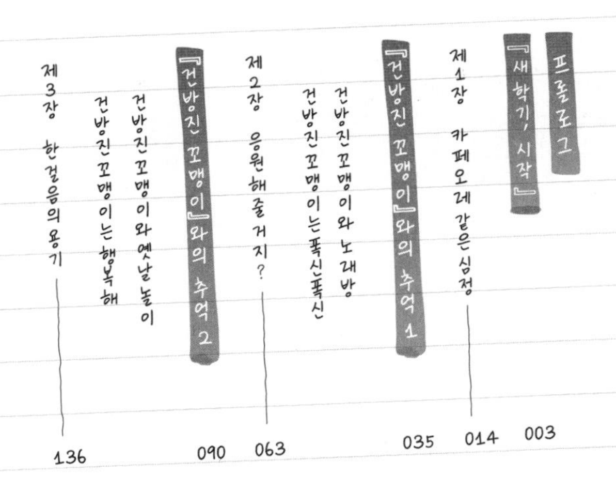

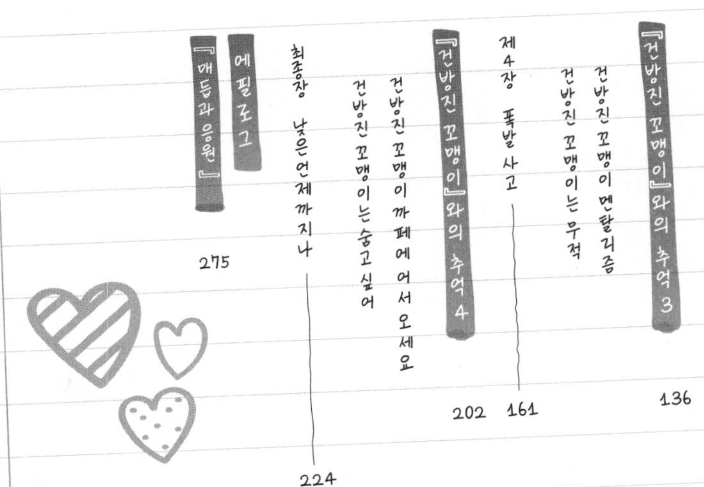

kanzai yuki

ill.higeneko

KUSOGAKI who met again for the first time in 10 years has grown into an innocent beautiful girl JK

프롤로그 『새 학기, 시작』

1

쿵쿵, 하고 방문에서 노크 소리가 나서 눈을 떴다.

"뭐야."

아침 일찍부터 시끄럽네. 시계를 보니 아침 6시였다. 어머니가 날 깨우러 온 걸까. 그런 것 치고는 거칠다.

"일어날게. 아니, 이미 일어났어."

하지만 노크는 멎지 않고 무거운 소리가 문을 두드렸다. 이 정도면 노크라기보다는 힘껏 치는 게 아닐까?

"뭐냐고, 대체."

잠에 취한 눈으로 일어나 문을 열었다. 그러자 거기에는,

"아리츠키 유우 씨죠?"

모르는 남자가 몇 명 있었다. 짙은 파란색을 기조로 한 위엄 있는 옷차림. 그래, 마치 경찰 같은.

"네?"

그들이 날 에워싸더니 곧이어 찰칵 하고 딱딱한 소리가 났다. 보니까 내 손에는 수갑이 채워져 있는 게 아닌가.

"저희는 카나가와현 경찰입니다."

젊은 경찰관이 경찰수첩을 펼쳐서 보여줬다.

"네?"

"어~, 6시 12분. 청소년 보호 육성 조례 위반 혐의로 체포한다."

"뭐? 잠깐, 에엑?"
"자네, 여고생이랑 했지? 안 된다고."
"아니, 아, 안 했어 안 했어."
서, 설마 쇼난의 밤에 일어난 일을 들킨 건가. 하지만 아사카랑은 아직 선을 넘지 않았다고.
"거짓말 하지 마라!"
중년 경찰관이 미간을 찌푸렸다.
"정말이에요. 직전에 전화기가 울려서, 그래서 중단——."
"무슨 영문을 알 수 없는 소리를. 됐으니까 따라와라."
팔을 세게 잡아끌렸다. 방 바깥에서는 아버지와 어머니가 서로 끌어안고 울고 있었다.
"아니."
아니야, 말 좀 들어줘.
"발악하지 마라."
"말 좀 들어주세요."
밖으로 나가니 사람들이 모여 있었다. 다들 호기심과 모멸이 뒤섞인 눈을 하고 있었다. 그 속에는 미야와 마히루의 모습도 있었다.
"유우 오빠, 거짓말이지?"
"아니야, 미야."
"내가 사람을 잘못 봤어, 유우 오빠."
"오해야, 마히루."
인파 속에는 유우히도 있었다.

"이렇게 되지 않게 충고해줬는데."
"그러니까 손은 안 댔다니까."
"나머지는 서에서 듣겠다."
그리고 난 경찰차에 처넣어졌다.
"빨리 타라."
"윽."
그때 카메라를 켠 남자와 마이크를 든 여자가 시야에 들어왔다.
"어~, 여긴 현장입니다. 지금 범인인 아리츠키 유우 용의자가 경찰차에 올라탔습니다."
저건 설마 뉴스 리포터?
"어~, 아리츠키 용의자는 지난달 카나가와현의 민가에서 미성년자인 소녀와 음란행위를 한 혐의로——."
"아니야."
"야, 날뛰지 마라."
"아니라고오오오오오오오오오오오."

*

"오오오오오오오오오오오, 꿈인가."
난 벌떡 일어났다.
온몸에 땀이 나고 심장이 안 좋은 의미로 쿵쿵대며 뛰었다. 대체 무슨 꿈을 꾼 거냐. 이거 웃어넘길 수가 없다고.
"하아, 하아."

그건 그렇고 꿈이라 다행이다. 그날 밤, 욕망에 휩쓸려 아사카를 건드렸으면 이렇게 되는 미래가 있었을지도 모른다. 발신자 표시 제한으로 전화를 건 누군가 덕분이다. 숨을 돌린 것도 잠시, 노크 소리가 들렸다.

"힉."

"유우, 일어나."

뭐야, 어머니인가.

"일어났어."

몸단장을 마치고 일을 시작했다.

9월.

길었던 여름이 끝났지만, 그건 어디까지나 달력상의 이야기다. 하늘 높이 떠오른 태양, 피부에 들러붙는 열기, 끊임없이 귀에 들려오는 매미 소리는 그대로라 늦더위는 한동안 이어질 것 같다.

"안녕하세요~."

가게 앞을 청소하고 있으니 가방을 멘 아이들이 지나쳐 갔다. 기운이 없는 아이, 즐거워하는 아이 등등, 그 표정은 다양했다.

손님도 아이들 손님이 준 정도이고 그다지 변화는 없다. 바쁜 정도도 평소대로.

변한 건 내 심경일까.

긴장을 풀면 아사카 생각만 하게 된다. 아니, 딱히 이상한 의미로 생각하는 건 아니지만.

아사카가 마음을 전했지만, 난 그에 대한 대답을 아직 하지 않았다. 아사카는 현역 여고생이다. 원래는 그 마음에 응할 수 없다고 딱 잘라 거절하는 게 어른으로서 올바른 대응이지만, 왜인지 그러지 못했다.

오늘 아침에 꾼 그 꿈이 **현실**이 될 가능성도 있는데.

난 어떻게 하고 싶은 걸까.

나에 대한 아사카의 마음은 아는 사람에게 보이는 호의가 아닌 진심이 담긴 사랑이었다.

난 아사카를 귀여운 동생 같은 아이라 생각하고 있었고, 그런 일이 있었던 지금도 그렇게 생각하고 있지만…….

알 수 없는 감정이 내 마음속에 샘솟고 있었다.

하지만 이 감정이 무엇인지는 아직 잘 모르겠다.

2

후끈한 공기가 주위에 가득했다.

9월이 되었지만 아직 덥다. 놀기 위해 이 더위 속을 걷는 건 견딜 수 있지만, 여름 방학도 끝나 학교에 다니게 되니 빨리 겨울이 되었으면 좋겠다는 생각만 든다.

땀을 흘리면서 학교로 이어지는 언덕길을 걸었다.

목에 두른 수건으로 땀을 닦으면서 어떻게든 학교에 다다랐다.

"하나 둘~, 셋 넷~."

바로 옆으로 육상부 집단이 지나갔다.

"우와."

운동장을 보니 이런 이른 아침부터 축구부가 연습하고 있었다. 땀과 모래 먼지를 뒤집어쓰고 전력으로 공을 쫓는 중이다.

"에엑."

테니스 코트에서는 여자 소프트 테니스부가 연습을 하고 있고, 야구장 쪽에서는 목소리가 땅울림처럼 울리고 있었다.

다들 체력과 기력이 대단하구나.

난 학교에 오기만 해도 땀이 나는데. 하지만 나도 이번 여름에 파워업했다.

"안녕하세요, 미야 선배."

활기찬 목소리가 들렸다.

출입구에서 실내화로 갈아 신고 있으니 유우히와 딱 마주쳤다. 금색 머리카락을 트윈테일로 묶어 꼭 요정 같다.

"아, 안녕, 유우히."

"오랜만이네요."

그래? 여름 방학 때도 학교에서 가끔 만났던 것 같은데."

"여름 방학 때 어디 갔어요?"

"응. 아, 그렇지. 선물 있어."

"선물이요?!"

난 가방에서 어떤 물건을 꺼냈다. 유우히는 그 모습을 기대에 찬 눈으로 지켜봤다.

"자 이거. 쇼난 여행 선물이야."

"네, 아, 감사…… 합니다."

다행이다, 시라스 센베는 좋아해주는 것 같다.

시라스
센베

"……그보다 미야 선배도 쇼난에 갔다 왔군요."

"어? 유우히도?"

"아뇨, 유우히가 아니라 친척 오빠가 갔다 왔대요. 아는 사람들이랑 가족이랑 다 같이 여행을 다녀왔대요."

"흐음, 그렇구나. 실은 우리도 그랬어. 친구랑 그 가족이랑. 다들 생각하는 건 똑같은 걸까."

어쩌면 유우히의 친척 오빠와 같은 타이밍에 갔을지도 모르겠다.

"그럴지도 모르겠네요."

그건 그렇고 유우히의 친척 오빠라. 분명 유우히랑 닮아서 금발 미청년이겠지. 뭐, 난 그런 타입에는 관심 없지만.

"저기, 하나 물어봐도 될까요?"

유우히는 차분한 표정으로 날 올려다봤다. 예쁜 파란 눈동자다.

"왜?"

"시라스 센베는 쇼난에서 유행하고 있나요?"

"??"

"아니, 오빠도 시라스 센베를 선물로 사 와서요."

"그래? 유행하는지 어떤지는 잘 모르겠지만 맛있어."

난 엄지를 척 세웠다.

"아하하, 감사합니다."

그리고 교실에 들어가 사이좋은 여자 친구들에게도 시라스 센베를 나눠주며 돌아다녔다.

그리고 방과 후, 미스연 부실에 들렀다. 다들 조용히 독서를 하거나 컴퓨터를 이용해 집필 작업을 하는 등 각자 자유롭게 시간을 보내고 있었다. 부원들에게도 시라스 센베를 나눠줬다.

"너 쇼난에 갔다 왔구나."

"응, 재밌었어~. 아, 세이나, 사실 있지."

세이나에게 합작 원고를 건넸다.

"뭐야 이게."

"이번 여름에 장편을 써봤어."

"와아, 네가 장편이라니 별일이네."

"읽고 감상 들려줘."

"지금부터?"

"시간 남잖아?"

"그래 그래, 알았어."

세이나는 커피를 한 손에 들고 소파에 깊숙이 앉았다.

"흠흠."

그 후 3시간 가까이 경과했다. 난 공부하거나 읽던 문고본을 읽거나 하며 시간을 때우고 있었다. 부원들은 차차 돌아가서 어느샌가 나와 세이나만 남게 되었다.

시각은 오후 6시 반.

"미야!"

"와앗."

세이나가 힘차게 일어섰다.

"어, 어땠어?"

난 그녀의 얼굴을 들여다봤다. 눈을 크게 뜨고 얼굴에 살짝 홍

조를 띠고 있었다. 흥분한 모양이다.

"엄청 재밌잖아."

"그래? 고마워~."

"처음엔 케케묵은 설정인 줄 알았는데, 어느샌가 빠져들었어."

"에헤헤. 역시 미스터리는 저택물이 좋을까 해서."

"이 손전등 논리도 심플하지만 잘 구성돼있고."

"아, 그 부분은 유우 오빠가 생각했어."

"유우~?"

"아, 아는 오빠야. 사실 그 소설은 그 사람이랑 같이 썼어."

"흐음, 그 사람 상당한 미스터리광 같은데. 포인트를 잘 잡았어."

"그래서 있지, 그 소설 상에 출품하려고 해."

"혹시 '히가미 히데오 추리 대상'?"

전설적인 본격 미스터리 작가인 히가미 히데오가 만년에 창설한 추리소설 신인상이다.

"맞아 맞아. 이번 달이 마감이니까 딱 좋겠다 싶어서."

"괜찮네. 그보다 무조건 내야 해. 이 작품이 빛을 보지 못하고 묻히는 건 한 명의 미스터리광으로서 용납할 수 없어."

"세이나가 그렇게까지 칭찬하다니 뭔가 신기하네. 기뻐."

"이건 그만큼 대단한 작품이라는 뜻이야."

미스터리에 관해서는 아주 엄격한 세이나를 저렇게까지 감탄하게 만들다니, 자신감이 붙었다. 괜찮은 결과를 낼 수 있지 않을까.

그 후, 난 〈문 나이트 테라스〉에 들렀다가 집으로 돌아갔다.

3

——그날 밤.

“쇼난인가…….”

유우히는 완전히 똑같이 포장된 시라스 센베 상자를 늘어놓으면서 이것저것 생각했다. 파란 하늘, 하얀 구름, 그리고 밀려왔다가 밀려가는 파도 소리.

“유우히도 가고 싶었는데.”

그건 그렇고 유우랑 미야 선배 두 사람에게 **완전히 똑같은 것**을 선물로 받아서 깜짝 놀랐다. 이게 무슨 우연일까. 분명 똑같은 선물 가게에서 샀겠지.

시라스 센베를 한 입 먹자 바다의 맛이 입안에 퍼졌다.

“……맛있다.”

1

네트 위를 격렬하게 날아다니는 공. 체육관 안에 찬 전장과 같은 열기. 부원들의 기백에 찬 목소리와 바닥과 신발이 비벼지는 소리가 뒤섞였다.

적절한 긴장감이 감도는 가운데, 제2체육관에서는 여자 배구부의 연습이 진행되고 있었다.

키타고 여자 배구부는 전국에도 이름을 떨치는 강호다. 전국 규모 대회에 몇 번이나 출전했고, 2년 전 전국대회에서는 3위라는 훌륭한 성적을 거두어 나도 표창대 위에 섰다.

올해도 고등학교 선수권 대회를 노리기 위해 3학년은 아직 은퇴하지 않았다.

"다음은 시합 형식이야."

"네~."

감독의 지시가 날아들자 부원들은 시합 형식 연습 준비를 시작했다.

부원이 두 팀으로 나뉘었고 경기가 시작되었다. 양 팀의 멤버 교체는 모두 감독이 담당한다. 정규, 보결 상관없이 몇 게임마다 선수가 교체되기 때문에 전황은 정신없이 변한다.

"후우."

"마히~, 감독이 불러."

"응? 어어."
교대 신호가 나와서 코트에서 나오자 대기하고 있던 카오리가 달려왔다.
"마히~, 몸 안 좋아?"
"어? 아니 딱히…… 갑자기 왜."
"왠지 오늘 기운이 없다는 느낌이 들어서."
"하아…… 그래?"
"응, 평소의 살기? 패기가 없는걸."
"살기라니."
날 뭐라 생각하는 거야.
하지만 뭐, 확실히 내가 보기에도 최선의 움직임을 취하고 있는 것 같진 않았다. 몸이 무거운 것도 아니고 컨디션이 나쁜 것도 아닌데.
내가 스스로도 그렇게 생각할 정도니까 주위 사람들은 분명 확실하게 알겠지. 주장이 이러면 안 되는데…….
그 원인은 알고 있다.
머릿속에서 떠나지 않는 그날 밤의 일…….
아사카가 유우 오빠를 덮친 그 쇼난의 마지막 날 밤.
그때 내가 한 선택은 정말 그걸로 괜찮았던 걸까. 달리 뭔가 방법이 있지 않았을까. 그렇게 후회하는 마음과 두 사람이 선을 넘지 않아 다행이라는 안도하는 마음.
그 두 감정이 머릿속에서 섞여 항상 의식 가장자리에 있다.
이런 건 누구하고도 상담할 수 없어.

"아무것도 아니라니깐."
카오리는 목소리를 살짝 낮추고 말했다.
"혹시 그거야? 스카우트에 대한 거?"
"어?"
나도 모르게 허리가 펴졌다.
쿠마모토의 실업팀, 쿠마모토 엠프레스의 스카우트를 받았다는 이야기는 여름 방학이 끝난 뒤에 감독이 모두에게 알렸다. 부원들은 자기 일처럼 축복해줬다. 특히 거기에 키타고 선배인 하나야마 코하루가 소속되어 있어서 작은 소동이 벌어졌다.
하지만 난 그 제안을 순순히 받아들이지 못하고 있었다.
스카우트에 응하면 유우 오빠와는 떨어지게 되니까.
"아, 아니야. 좀 피곤할 뿐이야."
"정말?"
"정말이라니깐. 괜찮아, 괜찮아. 나 오늘은 점심 3인분 먹었으니까 기운이 넘쳐나는걸."
"그건 항상 있는 일이잖……."
"잠깐 물 마시고 올게."
난 종종걸음으로 체육관 가장자리로 가서 벽 옆에 놓여있던 물통을 집었다. 입을 대고 휙 기울였다. 새콤달콤한 이온음료가 지친 몸에 스며들어 갔다.
출입구에 서서 바깥바람을 쐬었다. 이미 해는 떨어져서 하늘에는 별이 반짝이고 있었다.
"후우."

동료를 불안하게 하는 주장은 팀을 이끄는 자로서 실격이야. 지금이 가장 중요한 시기야. 예선까지 벌써 두 달도 안 남았으니까.

내가 똑바로 해야 해.

"자 자, 목소리 안 나오잖아."

난 손뼉을 치고 소리쳤다.

"네~."

"네~."

"네~."

그날은 밤 8시까지 열심히 연습했다. 나는 최대한 목소리를 내고 솔선해서 움직이도록 노력했다. 모두를 걱정시키지 않는 게 주장의 사명이니까.

유우 오빠와 아사카, 그리고 스카우트.

무엇이 정답인지 알 수 없는 갖가지 답답함이 날 뒤덮고 있는 느낌이 들었다.

2

"음~, 어떻게 할까~."

미야는 내 방 침대 끄트머리에 걸터앉으면서 한숨을 쉬었다. 나는 추가로 가져온 아이스 카페오레를 테이블 위에 두며 말했다.

"자, 가져왔어."

"고마워~."

"뭘 고민하는 거야."
"아니, 슬슬 그거잖아?"
미야는 이쪽을 봤다. 미간을 찌푸리며 대놓고 곤란해하는 표정을 짓고 있었다.
"그거?"
"마히루 생일이야."
"아, 그런가."
벌써 그런 시기인가.
마히루의 생일은 9월 9일. 금방이다.
"선물을 뭘 줄까 싶어서."
"그러게."
난 테이블 앞에 털썩 앉았다.
"얼마 전에는 리스트밴드를 줬으니까."
"……10년 전을 얼마 전이라니, 진짜 어떻게 된 감각이야?"
"시끄러."
"그래서 뭐 줄 생각이야."
"아직 안 정해졌어. 미야는?"
"나도 아직 안 정했어."
"그 녀석은 대식가니까. 고기 뷔페 식사권을 주거나 뷔페 같은 곳에 데려가서…… 째려보지 마, 당연히 농담이지."
"유우 오빠는 센스가 이상하니까. 할지도 모른다고 생각해서."
미야는 숨을 크게 내쉬고 카페오레를 한 모금 마셨다.
"마히루는 여자애니까. 제대로 된 걸 골라줘야 한다?"

"알고 있다니깐."

하지만 한창때인 여자아이——게다가 현역 여고생——에게 선물을 주는 건 여자 친구 없는 기간이 나이와 같은 나에겐 난이도가 아주 높다. 미야에게 선물을 줄 때도 꽤나 고민했다. 그러고 보니 마히루가 어렸을 때도 생일 선물로 무엇을 줄지 고민한 기억이 있네.

아마 그 리스트밴드를 발견한 게 여아용 잡화 가게에 갔다가 돌아올 때였던가.

"나중에 아사카한테도 물어봐야지."

"아, 아사카?!"

무의식중에 큰 목소리가 나와 버렸다. 미야는 화들짝 놀라 뛰었다.

"갑자기 큰 소리 내지 마."

"아, 미, 미안. 아니, 아사카도 오나……."

"그야 오겠지. 다행히 9일은 토요일이니까."

"그런가, 그렇겠지."

……어떤 얼굴로 아사카를 대하면 될까. 벌써부터 조금 긴장되기 시작했다.

"아, 그렇지. 다른 이야기인데."

미야는 생각이 난 것처럼 말했다.

"뭐야?"

"유우 오빠랑 둘이서 만든 그 소설, 미스연 사람들도 읽었는데~."

"오, 그래?"

자신의 작품——미야와 만든 합작이고 집필은 거의 미야가 했지만——을 다른 사람이 읽는 건 왠지 낯간지러웠지만, 기쁘기도 했다. 신기한 고양감이 가슴속에 생겨났다.

"어, 어땠어?"

미스연쯤 되면 고등학교 부활동이라도 미스터리를 정말 좋아하는 사람이 모이는 곳일 테니 눈이 높을 것이다.

"그게 말이야."

고개를 숙이고 시선을 떨구는 미야.

서, 설마 심한 혹평을 받은 걸까.

평소부터 집필 작업을 하고 있는 미야의 필력은 제쳐두더라도 완전한 초보자인 내가 고안한 메인 트릭과 논리는 눈 높은 미스터리광에겐 통하지 않았을지도 모른다. 불안을 품고 미야의 다음 말을 기다렸다.

"다들 칭찬했어."

"뭐냐고."

"에헤헤, 쫄았어?"

미야는 장난스러운 웃음을 지었다.

"이 건방진 꼬맹이."

미야의 부드러운 볼을 좌우로 쭉~ 잡아당겼다.

"이안 이안."

"나 참."

"근데 진짜 호평받았어."

"그건 기쁘네."
"미스터리에는 깐깐한 회장도 엄청 칭찬했는걸."
"하하하."
왠지 쑥스럽군.
"유우~!"
그때 아래층에서 어머니의 목소리가 들렸다.
"이런."
그러고 보니 아직 일하는 중이었다.
"그럼 일단 돌아간다."
"응."
미야는 지금부터 공부를 한다고 한다.
"또 뭐 먹고 싶은 거 있어?"
"음~, 괜찮아…… 아, 나중에 한 잔 더 가져와 줬으면 좋겠어."
"오케이~. 거기 있는 과자는 마음대로 먹어도 돼."
난 선반 위에 있는 과자류를 가리켰다.
"고마워."
난 방에 미야를 남겨두고 계단을 뛰어 내려갔다.

*

다음 날.
오늘도 부지런히 노동에 종사하면서 마히루에 대해 생각했다.
"그럼, 어떻게 할까~"

마히루의 생일에 무엇을 선물할까.

꼬맹이라고는 해도 그 녀석은 벌써 고등학교 3학년. 완전히 다 큰 여성으로 성장했다. 역시 미야한테 선물했을 때랑 똑같이 장식품이 좋을까. 아니면 옷이라던가?

"음~."

어중간한 건 선물할 수 없으니 말이지. 미야 때도 상당히 고민했는데, 역시 여자애한테 선물을 주는 건 익숙하지 않다. 연애를 경험해두지 않은 업보가 지금 돌아올 줄이야…….

"유우!"

어머니에게 불렸다.

"왜?"

"잠깐 키타고까지 가주지 않을래?"

"왜?"

"유우히를 데리러 가줬으면 하는데."

"유우히?"

이야기를 들어보니 토가미가와 키타고는 약 15킬로미터 정도의 거리가 있기 때문에 할아버지가 유우히의 등하교를 담당하고 있다고 한다. 하지만 오늘 오후에 할아버지의 차가 고장 나버린 모양이라 데리러 갈 수 없다나. 그 이야기를 들은 어머니가 그러면 유우를, 이라고 내세우는 평소와 같은 패턴이다.

"뭐, 괜찮아."

밖으로 나가니 아직 해는 높이 떠 있었다. 바깥 공기에는 여름의 모습이 남아있어서 본격적으로 가을이 시작되기까지 시간이 좀 더 걸릴 것 같다.

난 시빅에 올라타 시동을 걸었다.

약간 혼잡한 오오츠키선을 타고 올라가 키타고 서문을 통해 부지 안으로 들어갔다. 들어가니 바로 오른편에 넓은 공간이 있어 거기로 차를 넣었다. 그 넓은 곳 안쪽에는 호쿠레이관이라는 3층 숙박 시설이 세워져 있으며 부활동 합숙 등에 이용된다.

유우히는 여길 약속 장소로 지정했다. 도착한 걸 라인으로 알리자 바로 읽음 표시가 떴다.

그립네. 나도 고등학교 때는 농구부 합숙으로 여기에 묵었었지. 추억에 잠기면서 유우히를 기다리고 있으니 건물 그늘에서 작은 사람의 모습이 나타났다.

유우히다.

그녀는 이쪽으로 달려와 조수석에 탔다.

"유우, 고마워."

"그래."

차를 출발시키려다, 육상부로 보이는 집단이 가로수길을 달리고 있어서 잠시 기다리기로 했다.

"그러고 보니 유우히는 부활동 같은 거 하고 있어?"

"유우히? 유우히는 다도부."

"와, 의외네. 그럼 예의범절을 공부하거나 잘각잘각 하면서 차를 타거나 하겠네."

"뭐, 할 건 하지만 결국 차 마시고 수다만 떨어."

"옛날엔 차가 써서 울었던 유우히가 말이지……."

"잠깐, 그 얘기는 뭐야?!"

"기억 안 나? 할아버지가 마시던 차가 의외로 진해서——."

옛날이야기를 하자 유우히는 부끄러운 듯이 얼굴을 붉혔다.

"그러고 보니 잠깐 들렀다 가고 싶은 곳이 있는데, 괜찮아?"

"어? 유우히는 딱히 괜찮은데."

난 진로를 남쪽으로 잡고 이○을 향해 출발했다. 목적지는 거기에 있는 액세서리 가게다.

"차 안에서 기다릴래?"

"아니, 유우히도 한가하니까 갈래."

액세서리 가게를 들여다봤다. 6월에 미야에게 머리핀을 선물했을 때도 이 가게에서 골랐다.

"누구한테 선물하는 거야? 여자 친구?"

"아니야, 아는 여자애 생일 선물로 뭐가 좋을까 해서."

"흠~, 유우도 꽤 하네."

"아니, 진짜로 그런 사이 아니야."

마히루만큼은 그럴 일이 없을 것이다. 확실히 그 녀석은 거리감이 고장 나 있지만, 그건 어렸을 때와 똑같이 그저 날 같이 노는 오빠처럼 생각하고 있을 뿐이다.

"진짜?"

"진짜라니깐."

"뭐, 상대가 여고생이 아니라면 유우히는 딱히 이러쿵저러쿵 말 안 하겠지만."

"……그, 그렇지."

그때 저번에 꾼 야한 짓을 한 혐의로 체포당하는 꿈이 뇌리에 떠올라 이상하게 땀이 조금 났다.

마음을 다잡고 선물을 고르자. 유우히가 같이 있으니 여고생의 눈높이로 조언을 들을 수 있는 건 고마운 일이다.

"오, 이런 거 좋지 않을까."

하트를 본뜬 목걸이다. 반응을 살펴보니 유우히는 굳은 얼굴로 이쪽을 보고 있었다.

"유, 유우히는 아무 말도 안 할래. 이런 건 마음이 중요하니까 유우히는 굳이 아무 말도 안 할래……."

평가가 안 좋은 것 같다. 괜찮다고 생각하는데, 하트 목걸이.

"상대는 어떤 타입이야?"

"음, 키가 크고 보이시한 느낌이 나는 애야."

"평소 사복은 어떤 느낌?"

"치마 같은 건 거의 안 입지. 캐주얼에 아웃도어 계열이야."

"음~, 그럼 반짝거리는 액세서리는 제외하는 편이 좋지 않아? 신발이나 소품 같은 게 좋을 것 같아. 선물을 줄 거면 상대에게 잘 맞춰서 줘야지."

"……그렇군."

나이가 적당히 찬 여자아이에게 주는 선물이라 하면 귀금속 액세서리가 제일이라 믿고 있었으니 공부가 되네.

그 후, 베○에서 유우히에게 아이스크림을 사주고 귀로에 올랐다.

"겨우 도착했다."

딱 귀가 러시 시간이라 우회로가 북적거려 토가미가에서 집으로 도착하기까지 시간이 상당히 걸리고 말았다. 벌써 7시가 넘었다. 주차장에서 가게 쪽으로 가니, 마침 마히루가 가게에 들어가던 참이었다.

"아, 유우 오빠."

"지금 돌아오는 길이야?"

"응."

평소의 패기가 없다. 부활동을 하느라 지쳤을 것이다. 고등학교 선수권 대회를 목표로 매일 힘든 연습에 열중하고 있으니 아무리 마히루라도 피곤할 것이다.

"고생 많네."

"응, 녹초가 다 됐어."

"뭐 먹으러 갈래?"

"고기가 좋아."

"그래."

발길을 돌려 주차장으로 돌아가 마히루를 차에 태운 뒤 무한리필이 되는 고깃집으로 향했다. 그다지 붐비지 않아서 금방 앉을 수 있었다.

"어~, 우설이랑 갈비, 곱창, 돌솥비빔밥에 밥 곱빼기……."

여긴 터치 패널로 주문을 하는데, 마히루는 처음부터 팍팍 음식을 넣었다. 난 맨 처음 나온 우롱차를 마시면서 말했다.

"그러고 보니 마히루, 얘기 들었어. 실업팀에 스카우트 됐다면서."

“으, 응.”

“대단하네.”

“……응.”

목소리에 기운이 없다. 그렇게 지쳤나…….

“있잖아, 유우 오빠——.”

“오래 기다리셨습니다! 우설입니다~.”

고기가 나왔다.

“마히루, 무슨 말 했어?”

“아니, 아무것도 아니야. 먹자.”

마히루는 석쇠에 고기를 올려 나갔다. 치익 치익 구워지는 소리가 듣기 좋았다.

“슬슬 됐으려나.”

“마히루, 조금 있으면 생일이지? 갖고 싶은 거 있어?”

마히루는 고기를 입에 가져가려던 손을 멈추고 날 가만히 봤다.

“……?”

“갖고 싶은 거…….”

“뭐든 좋아.”

말없이 날 바라보는 마히루.

뭔가 말하고 싶은 듯이 입이 우물거렸다. 뭐지? 비싼 거라도 사달라고 할 생각인가?

“주저하지 마.”

“…….”

이윽고 마히루는 입을 열었다.

“……밥.”

“뭐?”

“고기에는 밥이지. 아직 안 왔어.”

확실히 밥 종류는 아직 안 왔는데.

“야 야, 농담은 그만해. 생일 선물 이야기하고 있잖아.”

“후후, 뭐든 괜찮아. 유우 오빠에게 받을 수 있다면 뭐든 좋으니까.”

마히루는 그렇게 말하고 웃었다. 평소처럼 기운이 돌아온 건 기쁘지만 뭐든 좋다고 하는 게 가장 곤란하다. 난 단서를 원하는데.

“오래 기다리셨습니다~, 밥 곱빼기입니다~.”

“드디어 밥 왔다!”

마히루는 행복해 보이는 얼굴로 밥을 입안 가득 넣었다.

“정말.”

그 후 마히루와 둘이서 신나게 고기를 먹었다.

*

갖고 싶은 건 이미 있어.

난 그걸 놓고 싶지 않을 뿐.

다시는…….

*

"후우."

마히루는 식후의 차를 마시면서 숨을 돌리다가, 배를 쓰다듬고 다시 차에 입을 댔다.

그건 그렇고 잘 먹는 녀석이다. 그만큼 부활동으로 지쳤다는 뜻이겠지만, 3인분은 가볍게 먹어치운 것 같다. 무한리필이라 다행이다.

"좋아, 슬슬 갈까."

"응, 잘 먹었어."

"그래."

계산을 끝내고 가게 바깥으로 나가니 기분 좋은 밤바람이 불고 있었다. 하늘에는 연하게 빛나는 달이 떠 있고 별이 반짝반짝 반짝였다.

낮에는 늦더위가 심하지만 밤이 되면 기온이 뚝 떨어져 가을의 상쾌한 공기를 느낄 수 있다. 북쪽으로 눈을 돌리면 밤의 어둠 속에 어렴풋한 후지산의 윤곽이 보였다.

"그게 뭐야."

"하하하."

주차장을 걷는데 젊은 커플과 스쳐 지나갔다.

여자가 '오빠도 참'이라며 말하는 걸 듣고 남매였냐고 생각하며 인식을 고쳤다.

"유우 오빠, 왜 그래?"

"어, 아니, 아무것도 아니야."

"?"

나와 마히루도 커플로 보일까.

아사카와 그 일이 있었던 이후로 난 이 녀석들을 이상하게 의식하고 있다. 아사카의 마음이 연애 감정이라는 걸 알아차리지 못한 게 내 자의식을 과민하게 만들고 있는 것일지도 모른다.

설마 이 녀석도 나를…… 아니지. 나르시시즘이 좀 심하다고. 마히루만큼은 그러지 않겠지.

이 녀석은 배구에 열정을 불사르는 활기찬 아이다. 분명 거리감이 이상할 때도 있긴 하지만, 이 녀석은 날 오빠처럼 생각하고 있을 뿐이다. 꼬맹이 시절에 장난치던 걸 생각하면 이상한 일은 아니다.

"이런, 벌써 8시 반이야."

유우히를 데려다주러 가게에서 나온 후로 한 번도 돌아가지 않은 게 떠올랐다. 큰일이다, 꼭 내가 농땡이 부리고 있는 것처럼——사실상 농땡이 부리고 있지만——여겨질 거다. 스마트폰을 보니 어머니한테서 온 착신 이력이 엄청나게 남아있었다.

"서두르자."

"어? 응."

마히루를 데려다주고 가게로 돌아가니 예상대로 어머니가 핏대를 세우고 기다리고 있었다.

"유우 군~, 왜 유우히를 데려다주기만 했는데 시간이 이렇게나 걸린 걸까."

말투는 부드러웠지만 눈과 목소리가 웃고 있지 않았다.

"아니, 그……."
"연락도 없이 어디서 농땡이 부리고 있었어!"
어머니의 불호령이 떨어졌다.

3

점심시간.
식당에서 미야와 점심을 먹는다. 오늘도 부활동이 늦게까지 있으니 지금 든든하게 영양을 보충해둬야 한다.
"엇, 어제 유우 오빠랑 고기 먹고 왔어?"
미야는 카라아게를 젓가락으로 집은 채 얼어붙었다.
"응."
"치사해~."
미야는 떼쓰는 아이처럼 머리를 흔들었고, 카라아게가 접시 위에 떨어졌다.
"나도 가고 싶었는데~."
"다음엔 미야도 부를게."
"꼭이야. 아, 그건 그렇고 마히루, 아무리 그래도 생일날엔 부활동 쉬지? 다 같이 파티 할 거야."
"아니, 토요일엔 아마 오전 연습이 있었을 거야."
고등학교 선수권 대회까지 두 달도 안 남았다. 하루를 통째로 쉬는 날은 거의 없다고 봐도 된다.
"뭐, 밤에 시간이 나면 괜찮겠지."

"그렇지."

"아사카도 돌아온다고 했고, 올해는 유우 오빠도 있고, 좋은 해야."

아사카…….

그렇다, 아사카도 돌아온다. 당연한 일이다. 지금까지 우리 중 누군가의 생일날엔 항상 셋이서 모였고, 올해 미야의 생일날에도 얼굴을 비췄다.

그리고 올해는 유우 오빠도 있다. 10년 만에 유우 오빠가 내 생일을 축하해준다. 왼쪽 손목에 따뜻함을 느꼈다. 오래된 검은 리스트밴드. 어릴 때부터 계속 쓰고 있는 내 보물.

하지만.

아사카가 유우 오빠랑…… 만난다.

그 둘은 아직 사귀고 있지 않겠지만, 또 만나서 둘의 관계에 변화가 생기면…….

그때 내 가슴속에서 작은 아픔이 솟아올랐다.

"마히루? 왜 그래? 배 아파?"

미야가 걱정스럽게 들여다봤다.

"어? 아아, 아니…… 배가 좀 불러서."

"아직 카츠동 두 그릇밖에 안 먹었잖아."

"오늘은 이만 됐어."

"별일이네."

"그런 날도 있는 거야."

나는 식사를 마치고 미야와 헤어져 교무실로 향했다. 고문 선생님이 계신 곳으로 곧장 걸었다.
"실례합니다~, 잠깐 괜찮나요?"
"오오, 류샤쿠."
이래저래 고민했지만, 역시 스카우트 이야기는 거절하자.
물론 실업팀에서 뛰는 건 매력적이고 배구에 청춘을 바친 사람으로서 내 실력이 인정받았다는 건 기뻤다.
하지만 원래 희망 진로는 보육 전문대였고, 무엇보다 유우 오빠랑 떨어져서 지내는 건 싫다. 두 번 다시 떨어지고 싶지 않으니까.
"저기, 스카우트 말인데요——."
내가 말을 꺼내자 선생님은 환한 표정으로 말했다.
"그래 그래, 그거 말인데 또 새로운 곳에서 스카우트 제안이 왔어."
"네?"
생각지도 못한 이야기에 허를 찔렸다.
"홋카이도의 삿포로 멜로네라는 팀인데 알고 있어?"
새, 새로운 스카우트?
홋카이도??
"아, 아뇨, 몰라요."
"그리고 텔레비전 취재 의뢰도 들어왔어. 아직 대회가 시작되지도 않았는데 엄청 주목받고 있네."
이상하게 난 땀이 겨드랑이 아래를 타고 흘렀다. 뭔가 내가 모르는 곳에서 이야기가 착착 진행되고 있다는 느낌이 들었다.

"저기, 그."

선생님은 일어나서 내 등을 두드렸다.

"해냈네, 키타고의 자랑이야."

"취재는 텔레비전 취재인가요?"

"지금 그렇게 말했잖아. 그리고 신문사 취재 신청도 들어왔어."

"아, 네에."

"뭐, 텔레비전 쪽은 류샤쿠만 하는 게 아니라 여자 배구부 전체 취재지만."

취재라니, 텔레비전에 나온다는 거야?!

"주장이니까 빠릿빠릿하게 대답해야 한다."

결국 거절하지 못했다.

건방진 꼬맹이와 노래방

1

"으~, 추워 추워."

센겐 대사 옆의 언덕을 자전거를 타고 내려가니 살을 에는 듯한 찬바람이 불어왔다. 메마른 냉기가 스웨터와 블레이저를 뚫고 내 몸을 떨게 만들었다. 오늘은 6교시가 없어서 오후 3시에 종례를 했다.

이런 날은 코타츠에 들어가서 따뜻한 코코아를 마시면서 미스터리를 읽는 게 최고라고. 마침 해결편 직전까지 읽다가 만 문고본이 한 권 있다. 물론, 나의 그런 희망이 이루어지지 않겠지만.

집으로 돌아가니 현관에 여자아이 세 명 분의 신발이 나란히 있었다.

"다녀왔습니다~."

"어서 와~, 다들 와있어."

어머니가 가게 쪽에서 소리쳤다. 다들, 이라는 건 분명 건방진 꼬맹이들일 것이다.

"있잖아~, 유우 오빠. 노래방 가고 싶어."

2층에 올라가 방에 들어가니 미야가 달려들었다.

"노래방?"

언제나처럼 내 방을 점거하고 있던 꼬맹이들은 내가 돌아오자마자 그렇게 요구했다.

"채점하고 싶어요."

아사카도 달라붙었다.

"갑자기 뭐야…… 그러고 보니 어제 뭔가 했었지."

어젯밤에 '연예계 노래 선수권'이라는 노래방 특집을 방송했던가. 그걸 보고 자기도 해보고 싶어졌다는 평소 같은 패턴인가. 나 참, 애들은 본 것에 금방 영향을 받는구나.

"유우 오빠, 노래방 가본 적 있어?"

침대 위에서 만화책을 읽던 마히루가 물었다.

"있는데."

"좋아, 그럼 가자."

마히루가 침대에서 점프했다.

"가자."

"가요."

미야와 아사카가 내 손을 잡아끌고 마히루가 내 등을 밀었다.

"잠깐 잠깐. 너희들 노래방에 가본 적 있어?"

"없어."

"없는데."

"없어요."

"아, 그래."

이렇게 추운 날에 이동하는 건 내키지 않지만 노래방은 실내다. 밖에서 놀자는 제안을 받는 것보다 몇 배는 나을 것이다.

우리 집에서 걸어서 갈 수 있는 노래방은 세 곳 있다. 이○ 서쪽에 있는 곳이 가장 싸지만 거긴 내부 설비가 그다지 깔끔하지 않고 아이들을 데려가는 건 약간 망설여졌다.

우회로를 낀 곳에 있는 체인점은 차가 많이 다녀서 위험하다. 그렇다면 상점가 거리를 쭉 가서 그 끝에 있는 거기가 좋겠지.

"빨리 가자"라고 하는 미야.

"알았어."

옷을 갈아입고 싶었지만 늦어서 어두워지면 안 된다. 난 꼬맹이들을 이끌고 밖으로 나왔다.

찾아간 곳은 시○스.

"오~, 여기가 노래방이었구나."

미야는 프론트에 설치된 원형 의자에 앉나 싶더니 그 주위를 돌아다니기 시작했다. 마히루는 계속 내 손을 잡고 안절부절못하고 있었고 아사카는 안쪽의 거울을 깐 벽을 신기하다는 듯이 보고 있었다.

셋은 노래방에 처음 와서 흥분을 감출 수 없는지 평소 이상으로 침착하지 못했다.

"야, 접수할 거니까 이리로 와."

"네 명이네요~."

"음, 프리 타임에 드링크바도 포함해주세요. 아, 그리고 금연실로…… 미야, 아사카, 이리 오라니깐."

사실은 키즈룸을 잡고 싶었지만 이미 차 있었다.

"희망하시는 기종은 있나요?"

"음, D○M으로."
접수를 끝냈다.
"좋아, 얘들아 마실 거 가지러 가자."
드링크바로 향했다.
"나, 오렌지주스."
"난 콜라."
"유우 오빠, 따뜻한 것도 있어요?"
"어어, 있어."
"그럼 코코아가 좋아요."
"네네."
나도 따뜻한 커피로 할까.
마실 것을 준비해서 방으로.
"여기다."
어둑어둑한 조명, 끊임없이 영상이 계속 나오는 모니터, 테이블과 소파.
"이게 노래방이구나."
미야는 까맣게 윤이 나는 소파에 앉아 실내를 두리번거리며 둘러봤다.
"아, 마이크 찾았다."
마히루가 받침 옆에 있는 마이크를 들었다.
"유우 오빠, 빨리 노래하자."
"기다려 봐. 잠깐 마이크 줘봐."
"호이."

마히루한테서 마이크를 받았다.
"아~, 아~, 아~"
난 먼저 마이크 음량과 BGM 음량, 그리고 에코를 조절했다.
"뭐 하는 거예요? 유우 오빠?"
"이걸 하냐 안 하냐에 따라서 노래하는 느낌이 천지 차이거든. 좋아."
노래방은 왠인지 음량이 크게 설정되어 있는 경우가 많아서 소리를 지르면 생각한 것 이상으로 소리가 너무 크게 나온다.
조절도 끝났으니 이제 본격적으로 노래해볼까. 리모컨을 들고 곡명 검색을 열었다.
"유우 오빠, 점수 나오는 거 해줘."
미야가 오렌지주스를 마시면서 말했다.
"아아, 그랬지."
채점 버튼을 누르자 음악이 바뀌고 채점 글자가 모니터에 큼직하게 나왔다.
"좋아, 그럼 무슨 노래가 좋아?"
꼬맹이들에게 리모컨을 넘겼다.
"음."
이윽고 모니터에 예약곡 제목이 뜨고 인트로가 흐르기 시작했다.
'Let's go! 스마일 프○큐어!'
셋은 사이좋게 노래하기 시작했다.
평소에는 건방진 꼬맹이지만 이런 것에 관심이 있는 것을 보면 확실히 여자애구나, 하고 안심된다.

그건 그렇고 프○큐어라니 그립다. '빛의 전사 프○큐어'가 방송됐을 때는 초등학생 때라서 여아용 애니메이션은 부끄러워서 못 봤었지.

유치원 때 '카드캡터 ○리'나 '꼬마마법사 ○미'를 본 게 다다.

애들은 신나게 노래하고 있다가 2절에 들어가자마자 막히기 시작했다. 어째 가사를 모르는 모양이다. 바로 노래방에 가면 흔히 있는 일의 희생자가 되었구나.

셋은 막히면서도 어떻게든 끝까지 노래했고, 나온 점수는 53점이었다.

"어라~, 낮아."

미야가 충격을 받았다.

"뭐, 2절 이후는 영 아니었으니까."

"그치만 1절밖에 몰라요."

아사카가 말했다.

"높은 점수를 노릴 거면 가사를 끝까지 아는 곡을 넣어야지."

"좋아, 그럼 교가다."

마히루가 외쳤다.

"그런 게 있겠냐."

그리하여 다음 선곡으로 넘어갔다. 이윽고 모니터에 곡명이.

'숲속의 곰 아저씨'

"너무 안전하게 가잖아."

그리고 채점.

"아싸~, 80점이다!"

미야가 소파 위에서 뛰었다.

"아자."

"해냈다."

"해냈어요."

"……그걸로 괜찮은 거냐."

점수는 그럭저럭이지만 아까 전의 시원찮은 점수에 비하면 대약진이다. 고득점(?)을 해서 만족했는지 꼬맹이들은 각자 자유롭게 곡을 예약하기 시작했다.

'엉○이 무는 벌레'

'화○표가 되어!'

'라♪라♪라♪ 스위트 프○큐어♪'

점수가 좋지 않거나 도중에 막히는 경우도 있었지만, 본인이 즐기면 그걸로 충분하다.

"유우 오빠도 이제 노래해도 돼."

"그래?"

난 리모컨과 마이크를 받았다.

평소에 친구들과 노래방에 가면 범○에 오○지렌지, 삼○마스터 등을 자주 부르지만, 이번엔 꼬맹이들이랑 같이 왔으니 저 녀석들한테 맞춰서 나도 애니송을 많이 불러줄까.

'Butter-F○y'

우선 이걸 부르지 않으면 의미가 없지.

"이거 디○몬?"

마히루가 애니메이션 영상에 반응했다.
"오, 알고 있어?"
"내가 아는 디○몬이 아니야."
그리고 마히루는 '네○ 기브업!'이라는 곡을 예약했다.
이게 세대 차이라는 건가. 집에 마지막 화까지 녹화해둔 비디오가 있으니까 다음에 보여줄까.
꼬맹이들을 보고 있자니 어렸을 때가 생각났으니 나도 내가 어렸을 때 나온 노래를 중심으로 불러볼까.
'청○광소곡'
'마음속의 ○림'
'너만을 ○키고 싶어'
'카츠시카 ○소디'
'기분 탓○까'
'○ 오십 일'
'천○관측'
"유우 오빠, 화장실 가고 싶어."
마히루가 말했다.
"나도."
미야도 일어섰다.
"아~, 잠깐만 기다려. 가는 김에 주스도 받을까."
노래방 음료는 마시면 왠지 화장실에 자주 가고 싶어지는 느낌이 드는 건 나만 그런 걸까.
셋을 데리고 먼저 화장실에 들렀다.

복도에서 아사카와 단둘이서 기다리는 건 부끄럽지만, 다행히 아무도 지나가지 않아서 괜찮다고 생각했다. 미야와 마히루가 나와서 그대로 프론트의 드링크바 코너로.

"미야, 콜라랑 칼피스를 섞으면 엄청 맛있다."

"진짜? 해볼래."

"코코아랑 오렌지주스를 섞으면 어떨까."

이 녀석들, 드링크바의 정석이라 할 수 있는 주스 조합을 시작했다. 이대로 가면 터무니없는 독을 마시게 될 것 같으니 빨리 돌아가도록 할까.

"야 야, 너희들, 바보 같은 짓 하지 말고 빨리 가자."

방으로 돌아가 노래를 재개했다.

꼬맹이와 내가 번갈아 가며 노래하기로 했다.

'꿈을 이루어줘 도○에몽'

'멜○사'

'경○ 3형제'

'점점 마○이 끌려'

'○루 · 마루 · 모리 · 모리!'

'기○'

한동안 노래하고 있으니 이번엔 아사카가 화장실에 가고 싶어 했다.

"나도 가고 싶으니까 같이 갈래."

미야도 일어났다.

"화장실 위치 알아?"

"아까 기억했으니까 괜찮아. 가자, 아사카."

"응."

둘이 나갔다.

"그러고 보니 유우 오빠도 점수 그렇게 안 좋네."

마히루가 코웃음 쳤다.

"뭐라고?"

"최고가 84점이고, 우리랑 별 차이 없잖아."

……이 건방진 꼬맹이가.

좋아.

예전에 96점을 받은 그 곡으로 찍소리 못하게 해주지.

2

"후우, 개운해."

"갈까, 미야."

"응."

볼일을 다 본 미야와 아사카는 여자화장실에서 복도로 나왔다. 그리고 원래 있던 방으로 돌아가려고 했지만…….

"어라? 어디였지."

"미야, 몇 호실인지 기억해?"

"……기억 안 나."

"나도."

좌우에 문이 죽 늘어서서 걸어도 걸어도 똑같은 풍경만이 이어졌다. 처음 노래방에 온 사람이 방 번호 없이 방에 다다르는 건 쉬운 일이 아니다. 아이라면 더더욱 그렇다.

"그러니까, 아까는 드링크바 쪽에서 갔으니까……."

아까 전과 똑같은 길을 더듬어 가려고 프론트로 나온 둘.

"여기도 아니야."

"유우 오빠."

이 잡듯이 방을 들여다봤지만 아리츠키 일행이 있는 방은 전혀 보이지 않았다.

네거리에 접어들었을 때 정면의 길을 선택했다. ——하지만 틀렸다. 사실은 거기서 오른쪽으로 틀어서 한 줄 옆에 있는 통로로 들어가야만 한다.

불안이 커져 가는 두 사람을 익숙한 목소리가 불러세웠다.

"미야, 아사카?"

돌아보니 거기엔 교복을 입은 몇 명의 여고생이 있었고 그중 한 명은 시모무라 히카리였다. 여자 소프트 테니스부 멤버와 같이 노래방에 왔을 것이다. 빈 잔을 들고 있는 걸 보아하니 그녀들은 드링크바에 음료를 받으러 가는 모양이다.

"히카리."

"히카리."

"어라? 이런 곳에서 어쩐 일이야."

지옥에서 만난 부처님. 아리츠키와 함께 놀러 왔다가 길을 잃은 것을 설명했다.

"아~, 그렇게 된 거구나."

"히카리 선배 동생이에요?"
여고생이 물었다.
"아니라니깐, 코하루. 내 친구인 남자애가 자주 놀아주는 애들인데, 그 남자애의 동생은 또 아니고——."
히카리의 절묘하게 이해하기 어려운 설명을 흘려듣고, 여고생—— 하나야마 코하루는 꼬맹이들과 눈높이를 맞추기 위해 그 자리에 쪼그려 앉았다.
"너희 몇 학년이야?"
'음, 1학년'이라고 미야가 답했다.
"와, 내 동생도 1학년이야."
긴 밤색 머리카락에 햇님처럼 밝은 분위기. 크게 부푼 가슴에 당장이라도 단추가 터져 날아갈 것 같은, 히카리와는 다른 타입의 미소녀였다.
"그래 그래, 언니들이 같이 방을 찾아줄게. 그래서 몇 호실이야?"
코하루가 물었지만 꼬맹이들은 애초에 방 번호를 잊어버렸다.
"번호, 몰라요……."
아사카가 고개를 숙이면서 말하자 히카리는 어깨에 손을 톡 올렸다.
"괜찮아 아사카. 프론트로 갈까."
여고생 군단의 보호를 받는 미야와 아사카는 히카리 일행의 안내를 받아 프론트로 가서 점원에게 아리츠키가 있는 방 번호를 들었다.

"여기네."
히카리는 프론트에서 들은 번호가 달린 방 앞에 멈춰 섰다.
"어~이, 아리츠키."
히카리가 문을 열었다.
"유우 오빠."
"유우 오빠."
방으로 돌격하는 꼬맹이 두 명 뒤에서 코하루는 고개를 갸웃했다.
"유우…… 오빠?!"
그리고 일동의 눈에 들어온 건 어린 여자를 상대로 '작은 사랑의 ○래'를 열창하는 남자 고등학생의 모습이었다.

*

"어? 시, 시모무라? 뭐야 너희들."
미야 일행이 돌아왔나 싶었는데, 왠인지 여자 소프트 테니스부 녀석들이 있었다. 그리고 그 속에는 그 유명한 하나야마 코하루의 모습도 있었다. 하나야마 코하루는 여자 배구부에 소속되어 있을 텐데 여자 소프트 테니스부랑 접점이 있었나? 그보다 그런 건 아무래도 상관없다. 왜 재들이 이 방에?
"유우 오빠."
"유우 오빠."
미야와 아사카가 날 사이에 두둣이 소파에 앉아서 안겨 왔다.

"너희들 왜 시모무라네랑 같이 있는 거야?"
"아리츠키, 역시 그 소문은 사실이었구나."
여자 소프트 테니스부 부주장인 와타나베가 차가운 시선으로 봤다.
"뭐? 소문?"
"아이랑 같이 노래방에 오고, 더구나 아이를 상대로 그런 노래를 부르다니……."
"어?"
설마 마히루에게 이 러브송을 부른 걸로 이상하게 인식한 건가?
"자, 잠깐만. 무슨 착각을 하고 있는 거야? 이건 말이다, 그저 고득점을――."
"이, 이 로리콘!"
"아니라니까. 야, 기다려!"
그 후, 히카리도 협력해서 어떻게든 오해는 풀렸지만, 그녀들이 난입해서 가창을 중단했기 때문에 역대 최저점인 22점을 기록하고 말았다.

3

"코하루, 어제는 여자 테니스부랑 같이 노래방에 갔다면서?"
"응."
"네 커뮤니케이션 능력은 여전히 대단하네."
"근데 미츠키의 고백을 거절한 그 아리츠키 선배도 봤어."

"어? 아니 왜."

미츠키는 살짝 기겁한 듯한 표정을 지었다. 검은 머리카락을 땋고 둥근 안경을 쓴 이 문학소녀 키리시마 미츠키는 나의 가장 친한 친구다.

"그게, 우연인데."

난 초등학생 아이들이 미아가 된 부분부터 설명했다.

"히카리 선배한테 듣기로는 여자 친구는 없는 것 같단 말이지. 그런데 왜 미츠키의 고백을 거절한 걸까."

"됐어 이제, 끝난 이야기고 차였으니 어쩔 수 없지."

나른하게 그렇게 말하고 미츠키는 커피를 마셨다.

"지금은 2학년 선배를 공략 중이고."

"벌써 타겟을 바꿨구나……."

미츠키는 생긴 건 얌전한데 남자를 이리저리 갈아치우는 마성의 여자다. 퍼스널 스페이스가 굉장히 좁고 신체적 접촉도 많은 편이라 남자와 친해지는 게 능숙하다. 게다가 나와 필적하는 풍만한 가슴의 소유자라서 그것들을 구사해 남자를 마구 꼬시고 있다.

그 인기는 심상치 않아서 소문으로는 중학교 시절에 그녀를 두고 일부 남자 사이에서 항쟁이 벌어졌다나 뭐라나.

"나처럼 무한 대시하면 될 텐데."

"몇 번을 차여도 질리지도 않고 계속 대시하는 건 너 정도밖에 없어. 보통은 한 번 차이면 그때 매듭이 지어지는걸."

"에헤헤."

"칭찬하는 거 아니거든. 뭐, 그렇게 해서 진짜로 꼬시니까 대단하지만."

"나랑 하루키 선배는 운명의 빨간 실로 이어져 있거든."

"……카게야마 선배를 동정하게 되네."

"왜~"

"왜냐니, 너희는——."

미츠키와 티 타임을 즐겼다.

건방진 꼬맹이는 폭신폭신

1

12월. 마침내 겨울이 도래했다.

물론, 12월에 접어들자마자 기후가 겨울로 변한 것은 아니고, 가을 중순부터 기온은 조금씩 계속 내려가고 있었다. 11월 말 무렵쯤 되면 이미 일본은 완전히 겨울의 모습을 보여주지만, 12월이라는 울림으로 인해 받는 인상은 하늘과 땅만큼 차이가 난다.

1년 마지막 한 달. 새해를 맞이한다는 기대와 떠나가는 해에 쓸쓸함을 느끼는 신기한 한 달…… 이라는 감상을 늘어놓는 건 이쯤 해두자.

나는 팔꿈치를 안으면서 떨고 있었다. 세차게 부는 찬바람은 마치 칼날로 피부를 쓰다듬는 듯했다. 걷는데 이 모양이니, 이 추운 날에 자전거를 달려 내려가는 날에는 내 몸은 분명 너무 추워서 얼어붙고 말 것이다.

"추, 추워."

집이 멀게 느껴진다.

추위를 견디면서 걷고 있어서 한 걸음 한 걸음이 작았고, 결과적으로 겨우 20분 정도 거리인데 아주 길게 느껴졌다.

목에 두른 목도리도 손을 감싼 장갑도 효력을 전혀 발휘하지 못했다. 추위를 넘어서 이제는 아프다. 오늘은 그만큼 추웠다.

후지산은 하얀 눈을 뒤집어썼고 맑고 파란 하늘에는 은백색 달이 어렴풋이 보였다. 이를 딱딱거리고 하얀 숨을 내쉬면서 집에 다다랐다.

"어머, 유우 어서 와."

"다, 다녀왔습니다."

난 가게를 통해 귀가했다. 그러자 포근하고 따뜻한 공기가 날 감싸 차가워져 있던 몸에 스며들었다. 곱은 손에 생기가 돌아오고 얼어붙어 있던 혈류가 부활했다.

"아아~, 살겠다. 코코아 줘."

카운터석에 앉아 아버지에게 주문했다.

"그렇게 추워?"

"엄마랑 아빠는 계속 가게 안에 있으니까 모르는 거라고."

"자, 유우."

얼마 안 있어 코코아가 나왔다. 하얀 컵에 찰랑찰랑하게 채워진 갈색 액체. 피어오르는 김마저 맛있어 보였다.

"호오, 맛있어."

차가워진 몸을 데우는 데는 코코아가 제일이다. 몸속에서부터 서서히 따뜻해졌다.

"꺅, 추워."

어머니는 반신반의하며 바깥으로 나갔다가, 바깥 공기를 쐬자마자 바로 가게 안으로 돌아왔다. 어깨를 떨면서 난로 앞으로 직행했다.

"추워추워추워추워추워."

"그래서 말했잖아."

"진짜 싫다, 오늘은 전골로 할까."

음미하듯이 코코아를 맛본 나는 2층의 코타츠에 진을 쳤다. 이제 꼼짝도 안 할 거다. 이런 날엔 코타츠에서 따뜻하게 미스터리 문고를 읽는 게 최고다.

2

"유우 오빠."

"안 돼."

"아직 아무 말도 안 했잖아."

미야는 볼을 부풀렸다.

"알았으니까 우선 앉아. 코타츠에 들어와서 귤이라도 먹어."

"응."

미야는 내 말대로 코타츠에 기어들어 왔다. 오늘은 미야 혼자만 온 모양이네.

좋아 좋아.

여기서 충분히 코타츠 님의 포용력과 온기를 즐겨라. 이런 죽도록 추운 날에 밖에서 놀자는 제안을 받으면 내 몸이 못 버틴다.

귤을 두 개 정도 먹었을 때 미야는 내 쪽을 보고 말했다.

"밖에 가자."

"안 돼."

"왜~."

"춥잖아, 집에서 게임이나 하자."

"싫어~, 밖에 나가고 싶어."

이 건방진 꼬맹이가…….

"그러니까 춥잖아."

"안 추운걸."

미야는 그렇게 말하고 일어섰다.

"어?"

"폭신폭신하니까."

"폭신폭신?"

잘 보니 미야의 복장은 따뜻해 보였다. 핑크색 보아 코트는 옷감이 복슬복슬하고 목 부분에는 하얀 목도리가 둘러져 있었다. 과연, 확실히 폭신폭신하다.

"이 바지도 따뜻해."

미야는 청바지 자락을 걷어 올렸다. 보니까 안감도 보아 원단으로 되어 있는 게 아닌가.

"전혀 안 추우니까 가자."

"그야 넌 안 춥겠지."

"빨리."

"에~."

"가자."

"에~."

"빨~리~."

미야는 필사적인 얼굴로 내 손을 잡아당겼다.

"……어쩔 수 없네."

"좋았어~"

젠장. 또 추운 바깥으로 가야만 하는 건가.

난 코트를 단단히 챙겨 입고 주머니란 주머니에는 손난로를 넣었다. 양말은 2중으로 신고 넥 워머로 목을 가드한다. 최대한의 방한 대책을 끝낸 나는 마지막으로 뜨거운 코코아를 마시고 밖으로 나왔다.

"추워라."

아까보다는 낫지만 추운 건 추운 거다. 그건 그렇고 시즈오카라는 현은 여름엔 덥고 겨울엔 춥다. 빨리 도쿄에 가고 싶군.

"전혀 안 추워~."

미야는 리듬감이 하나도 안 느껴지게 통통 뛰면서 나아갔다. 등에 프○큐어 가방을 메고 있었다.

"그래서 어디 가는 거야."

"공원에서 놀자."

근처 공원은 꽤 붐볐다. 이런 추위 속에서 아이들은 용케도 저렇게 뛰어놀 수 있구나. 그중에는 반팔에 반바지라는 죽음을 두려워하지 않는 남자아이도 있는 게 아닌가.
"음~."
"왜 그래?"
미야는 조금 불만스러운 표정을 짓고 있었다.
"좁을지도……."
"?"
"이거 하고 싶었는데."
미야는 그렇게 말하고 등에 멘 가방에서 작은 원반, 프리스비를 꺼냈다. 프○큐어 일러스트가 중앙에 그려진 빨간 프리스비.
"어제 받았어."
그렇군, 이걸로 놀고 싶었던 건가. 여긴 넓은 공원이긴 하지만 아이들이 의외로 많아서 프리스비를 가지고 놀기엔 공간이 약간 부족하다.
하지만 장소가 없다면 별수 없다.
"그럼 집에――."
"다른 곳 갈 거야."
"에~."
이렇게 우린 넓은 곳을 찾아서 걸음을 옮겼다.
"아, 유우 오빠. 저기."
"어~?"
잠깐 걸으니 오른편에 공터가 나타났다.
여긴 오랫동안 방치되어서 놀이기구나 벤치도 없는 잡초투성이 공터다. 때문에 여길 놀이 장소로 삼는 아이는 많지 않으며 오늘도 인기척은 전혀 없다.

뭐, 여기라면 넓이도 충분하고 전세 낸 거나 마찬가지니까 프리스비를 하기엔 최적인가.

"좋~아, 하자."

미야는 바로 프리스비를 쥐고 던졌다.

"에잇."

빨간 원반이 호를 그리면서 내 대각선 앞에 떨어졌다.

"어라~."

"미야, 똑바로 던져야 돼."

프리스비는 최대한 지면과 평행하게 던지는 것이다.

"이얍."

내가 던진 프리스비는 똑바로 미야 곁으로…….

"어라?"

가지 않고 내 기준으로 오른쪽으로 쭉쭉 벗어났다.

어, 어째서냐.

"크크크, 유우 오빠도 똑바로 안 날잖아."

"시, 시끄러."

이상하네. 초등학생 때 자주 한 프리스비 맞히기 술래잡기에선 도망가는 상대의 등을 계속 맞혀서 '헌터 유우' 칭호를 손에 넣은 이 아리츠키 유우가…….

"에잇."

"이얍."

"에잇."

"이얍."

"에잇——."

그렇게 한동안 서로 던졌지만 둘 다 좀처럼 상대가 있는 곳으로 똑바로 날리지 못했고, 프리스비는 커다란 호를 그리면서 두 사람 사이를 왔다 갔다 했다.

*

프리스비를 시작한 지 15분 정도 지났다.

격렬한 운동은 아니지만, 계속 몸을 움직이고 있으니 점점 후끈해지기 시작했다. 살짝 땀이 나서 그렇게 싫었던 추위도 달아오른 몸에 딱 좋은 시원한 온도처럼 느껴졌다.

그때였다.

"아, 이런."

내가 던진 프리스비는 그날 가장 큰 커브를 그리며 우거진 잡초 수풀 속으로 빨려 들어가 버렸다.

"어디에 던지는 거야, 유우 오빠!"

"미안 미안."

하지만 여긴 주위가 블록 담장에 둘러싸인 공터다. 못 찾는 일은 없을 것이다. 둘이서 수풀 쪽으로 향한 그때, 난 어떤 것을 알아차렸다.

"아, 미야, 잠깐."

"어?"

"내가 갈 테니까——."

"장소 아니까 괜찮아."

"그런 얘기가 아니라."

미야는 내 제지도 듣지 않고 수풀 속으로 들어가 버렸다.

"아이고."

"찾았어~."

미야가 돌아왔다. 그 몸에 들러붙는 풀을 잔뜩 붙이고.

그렇다, 여기에 우거져 있던 것은 흔히들 말하는 들러붙는 풀의 일종, 도깨비바늘이었다. 방사형으로 퍼진 거꾸로 돋은 가시가 난 열매는 의복에 잘 들러붙는데, 특히 오늘 미야가 입고 있는 복슬복슬하고 폭신폭신한 옷감으로 된 옷과는 궁합이 최악이다.

"미야, 네 몸을 한 번 봐."

"어? 우와아아."

모처럼 입은 보아 코트에 빼곡하게 들러붙은 도깨비바늘들.

"그래서 기다리라고 한 거야."

미야는 약간 울상을 지었다.

"으~앙, 유우 오빠, 떼줘."

미야는 손바닥으로 눈물을 닦고 이쪽으로 다가왔다.

"알았어. 자, 일단 뒤돌아 있어."

난 몸을 굽혀 미야의 몸에 엉겨 붙은 도깨비바늘을 떼어냈다. 옷감을 잡아당겨서 옷이 늘어나지 않도록 주의해야 한다.

"뗐어~?"
"아직이야."
"뭔가 목도 따끔따끔해."
"목도리에도 붙어있네."
미야한테서 목도리를 집어 들었다.
"좋아 오케이, 다음은 윗옷이네."
여기에도 어째서인지 안쪽에까지 도깨비바늘이 붙어있었다.
"움직이지 말라니깐. 아아 정말, 미야, 잠깐 윗옷 벗어. 떼기 힘들어."
미야의 윗옷을 벗겨내고 도깨비바늘 제거에 집중했다. 소매 근처가 특히 많네.
"추, 추워…… 엣취."
"그래? 그럼 이거 입고 있어."
나는 코트를 벗어서 미야의 몸을 감쌌다.
"유우 오빠, 안 추워?"
"난 오히려 더워. 손난로를 너무 많이 넣었나."
운동과 많은 손난로 덕분에 내 몸의 열기는 최고조에 달해 있었다. 10분 정도가 지나, 겨우 모든 도깨비바늘을 제거하는 데 성공했다.
"후우, 겨우 끝났네."
그렇게 뜨거워졌던 몸도 10분 동안 가만히 있으니 차가워졌다.
"오늘은 이만 집에 갈까."
"응. 나도 좀 추워."

"집에서 코코아라도 마시자."

"응, 게임도 하자."

"그래."

아직 4시 반이지만 서쪽 하늘은 이미 노을색이었다.

그렇게 우리는 공터에서 나가려고 뒤를 돌아봤다. 돌아보니 거기엔 믿을 수 없는 광경이 펼쳐져 있었다.

"어?"

"자네, 잠깐 괜찮을까."

입구 부근에 경찰차가 세워져 있고, 우리 눈앞에 경찰관이 서 있었던 것이다.

*

――목격자, 미야마 사에코(28)는 후에 이렇게 이야기했다.

우연히 지나가는데, 그러니까 공터 구석 수풀이 있는 곳에 젊은 남자랑 초등학교 저학년 정도인 여자아이가 있었어요. 처음엔 남매인줄 알았지만 뭔가 낌새가 이상해서.

그래서 뭘 하나 싶었는데 남자가 여자애 옷을 빼앗아서 말이죠, 얼굴을 쑥 가까이 댔어요.

네, 숨도 거칠고, 흥분해서 그런 건지 몸도 떨고 있는 것 같았어요.

여자애는 엄청 겁먹은 것 같았고, 살짝 우는 것처럼 보이기도 했어요.

멀리서 보긴 했지만 뭘 하고 있는지 바로 알아차렸어요. 그 남자, 조그마한 여자애의 옷 냄새를 맡고 있었어요.

전 정말 깜짝 놀라서. 변태잖아요. 로리콘은 정말 기분 나쁘죠. 그 뒤는 무의식이었죠. 바로 스마트폰을 들고 경찰에 신고했어요, 네.

뭐, 결과는 착각이었지만 무슨 일이 일어난 뒤면 늦으니까요.

그렇게 이야기하는 미야마 여사의 얼굴에는 한 건 끝냈다는 달성감과 만족감이 드러나 있었다.

1

"흥흥흥~."

유우히는 호쿠레이관에 만들어진 다실에서 수다를 떨고 있었다.

"그래서 있지."

"아하하."

다도부에는 여자밖에 없으며, 활동 내용도 차를 마시고 과자를 먹고 즐겁게 수다 떠는 것뿐이라 유우히에게는 그야말로 천국 같은 곳이다.

띠롱 하고 갑자기 휴대폰이 울렸다.

"응?"

보니까 유우한테서 라인이 와있었다.

"뭘까."

'어떤 게 좋을까'라는 간소한 메시지. 아마 그 여자인 친구에게 줄 선물을 고르고 있을 것이다. 유우히는 그 후로 가끔씩 상담에 응해주고 있었다.

유우한테서 온 사진은 두 장.

대체 무엇과 무엇을 두고 고민하고 있는 걸까. 확인해보니, 한 장은 커다란 곰 인형이고 다른 한 장은 엄청 짙은 빨간색 하트 모양 파우치였다.

"……우와아."

머리가 아파온다.

"미안, 잠깐 자리 비울게."

유우히는 건물 밖으로 나가 뒤편으로 이동해 바로 전화를 걸었다. 태평한 목소리가 전화 너머에서 들려왔다.

"아, 유우히? 지금 보낸 두 개 중에서 어느 쪽이——."

"둘 다 안 돼."

"에엑?!"

"에엑, 이 아니야. 알겠어? 확실히 제일 중요한 건 상대를 생각하는 마음이지만, 일에는 정도라는 게 있어. 나이 찬 사회인이 이런 걸 여자애 생일선물로 주면 인간성을 의심받을 거라고."

"그렇게 심한가……."

"입장 바꿔서 생각해봐. 유우도 번쩍거리는 해골이 그려진 검은 지갑이라던가 검에 드래곤이 휘감겨 있는 열쇠고리 같은 걸 받으면 별로일 거 아냐?"

"음~, 그거 꽤 괜찮을…… 지도?"

"……!"

트, 틀렸어 이 남자. 감성이 중학생 수준에서 멈춰있어. 전에도 하트 목걸이 같은 걸 고르려고 했고…….

아마 여자 친구가 생긴 적이 없다고 말했던가. 그래서 여자애한테 선물을 준다는 경험이 없구나. 선물해도 되는 것과 안 되는 물건을 잘 구별하도록 만들어야 해.

"하지만 이 두 개도 고급인데——."

"가격이 비싸다고 해서 꼭 좋은 물건인 건 아니야."
"그래?"
유우히가 어떻게든 해주지 않으면 여자인 친구와의 관계는 발전할 수 없어.
"아아, 진짜, 잠깐 키타고에 집합! 지금 올 수 있어?"
"아, 응."
정말이지 이 남자는.
"미안, 유우히 오늘은 이만 갈게."
"수고~."
"수고~."
"수고~."
다도부를 뒤로하고 주차장에서 유우를 기다렸다.

*

주차장에 차를 들이니 엄청난 표정을 지은 유우히가 팔짱을 끼고 기다리고 있었다. 왠지 귀신 같은 오라가 나오는 느낌이다.
"안녕, 기다렸지."
"……."
유우히는 말없이 조수석에 앉았다. 위압감이 굉장하다.
"일단 이○에 가."
"아, 네."
유우히가 말하는 대로 난 차를 몰았다.

"저, 저기, 그 두 개는 그렇게 별로였어? 여자애다운 느낌이 나서 괜찮다고 생각하는데."

"확실히 여자애답다면 여자애답지만, 그건 연애가 서투른 중학생 커플이 새콤달콤한 순정에 몸을 맡기고 고를 법한 선물이야."

"아아, 그러니까 어른이 받고 좋아할 만한 게 아니다, 이거지."

"댓츠 라이트."

"그렇구나."

공부가 되네. 역시 현역 여고생. 미야가 '여자애'라는 부분을 강조해서 난 여자애다운 것에 너무 중점을 두고 있었나. 확실히 활발한 마히루에게 인형은 어울리지 않고, 하트도 이미지에 안 맞을지도 모르겠다.

"그걸 받고 좋아하는 여자는 마음 이면에 위험한 면이 숨겨져 있는 여자야."

"그렇군."

"유우는 그런 여자한테 잡히면 안 돼."

그러는 사이에 이○에 도착했다. 일단 잡화점을 둘러봤다.

"아로마 같은 거 괜찮지 않아? 피로도 풀리고 긴장도 풀 수 있고 실용적이야."

아로마인가. 마히루가 아로마 향을 피우는 모습은 상상이 안 가지만 후보에 넣어두자.

"오, 이건 어떨까."

오동나무 상자에 든 고급 젓가락 세트다. 좋은 식기는 식사의 수준을 높인다. 마히루는 대식가니까 식사를 즐겨줬으면 한다.

"……진심이야?"

"어? 안 되려나?"

"노년기 부부의 선물이 아니잖아. 아직 그런 관계는 아니야. 그런 건 관계가 발전된 후에 해."

"아니, 전에도 말했지만 그런 관계가── 헉!"

유우히는 마히루가 여고생이라는 걸 모르니까 그런 방향으로 너무 파고 들면 또 혼날 가능성이 있겠다.

"그 사람은 꽤 보이시한 사람이지?"

"맞아, 키도 크고 멋있는 쪽이려나."

"흐음~, 그럼 모자나 소품 같은 게 좋을지도."

다음은 의류 매장을 보러 가기로 했다. 의류 매장은 왠지 좋은 냄새가 난다고 느끼는 사람은 나뿐일까.

"호오."

검은 모자를 써봤다.

"네가 시착해서 어쩌자는 거야."

"그렇네."

마히루는 늘 남자다운 캐주얼한 복장을 입지만, 아주 가끔 여성스러운 옷을 입고 올 때도 있다. 여성복 쪽도 한번 보자.

뭐, 옷 같은 게 제일 무난하려나. 앞으로 계속 추워질 테니 따뜻한 복대나 양말 같은 것도 좋을지도 모른다.

"아, 이 티셔츠 멋지다."

마히루한테는 너무 작네.

……그렇다, 옷은 사이즈 문제가 있었다. 중요한 걸 잊고 있

었어.

특히 마히루 같은 거유는 가슴 부분도 고려하지 않으면 옷을 입었을 때 살쪄 보인다는 걸 어딘가에서 들은 적이 있다. 하지만 아무리 나라도 가슴 사이즈를 물어보는 건 좋지 않다는 건 알고 있다.

아아, 어떡하면 좋지.

2

9월 8일. 금요일.

여름이 끝난 지 일주일 이상이 경과하고, 드디어 아주 약간 시원해진 것 같은 느낌이 들었다. 덕분에 지내기 편해졌다.

"오늘도 덥네……."

미야는 평소와 변함없지만. 식당 테이블에 추욱~ 엎어져서 목에 도시락을 식히던 보냉제를 대고 있었다.

"아니 아니, 오늘은 시원하잖아."

"어디가~!"

그렇게 말하면서 미야는 고개를 들었다. 땀 때문에 머리카락이 들러붙어 있었다. 그렇게 더운가?

확실히 기온은 아직 높지만, 습도는 상당히 내려갔다. 공기가 후텁지근하게 엉겨 붙어 짜증 나지는 않게 되었다.

"빨리 겨울이 오지 않으려나."

"그때는 추워~ 라면서 소란 피울 거잖아?"

"더운 것보다는 나은걸."

"겨울에는 더운 게 나아, 빨리 여름이 오지 않으려나 라고 말하잖아."

"그건 그거고, 이건 이거야."

"그게 뭐야."

뭐, 원래 미야는 더운 것도 추운 것도 못 견디니까. 여름엔 냉방이 잘 된 방에서 뒹굴거리고, 겨울엔 난방이 잘 된 방에서 뒹굴거린다.

"조금은 운동을 해서 몸을 튼튼하게 만들어야 한다고."

"매일 착실하게 걸어서 학교에 오고 있는걸."

"……그건 인간으로서 당연한 일 아냐?"

평소처럼 미야와 점심을 먹은 나는 점심 연습에 참가하기 위해 그대로 제2체육관으로 향했다. 가는 도중,

"마히루 선배~."

누군가에게 불렸다.

"응?"

목소리가 난 쪽을 돌아보니, 거기엔 긴 금색 머리카락을 휘날리는 미소녀 토가미 유우히의 모습이 있었다. 손에는 예쁘게 포장된 꾸러미가.

"유우히구나."

"내일 생일이죠? 여기, 선물이에요."

"아아, 고마워. 미안하네."

"아니에요, 같은 철벽성녀 사이니까요."

유우히는 허리에 손을 대고 자랑스러운 듯이 가슴을 폈다.

"아하하……."

유우히는 어째 '철벽성녀'라는 듣는 사람이 부끄러워지는 별명을 마음에 들어 하는 구석이 있다. 그녀처럼 유럽의 피가 들어간 금발 미소녀라면 성녀라는 말도 잘 어울리지만.

난 기본적으로 천성이 거치니까, 성녀 같은 캐릭터가 아닌데. 대체 누가 이름을 지은 건지.

"고마워."

"네, 연습 힘내세요."

이미 선물을 많이 받았는데, 유우히와 헤어지고 부실로 가는 동안에도 여러 사람이 말을 걸고 선물을 줬다.

"어이쿠."

선물을 안고 신중하게 걸었다.

"어~이, 류샤쿠."

굵은 목소리가 들려왔다. 이 숨 막히는 목소리는 그 녀석이다.

"뭐야, 세리자와."

세리자와 아키스케.

나와 같은 고등학교 3학년이고 남자 농구부 주장을 맡은 요즘 시대에 보기 드문 숨 막히게 뜨거운 남자다. 180센티는 족히 넘는 키와 근육질 몸. 머리카락은 짧게 깎아 정수리 부분만 솟아나 있는 소프트 모히칸 스타일이다.

외모는 우락부락하지만 천성은 성실하다. 농구에 청춘을 바친 체육계이면서도 공부도 그럭저럭 잘하는 데다가 누구와도 허물

없이 사귈 수 있는 인망도 있다.
뭐, 난 이 녀석의 악동 시절을 알고 있어서 지금과의 갭이 재밌게 느껴지지만.
"뭐야는 좀 아니지. 자."
세리자와는 그렇게 말하고 안고 있는 선물 위에 작은 봉지를 얹었다.
"생일 선물이야."
"아~, 땡큐. 뭐 준 거야?"
"필승기원 부적이야. 고등학교 선수권 대회에 나가다니, 역시 너 대단하네."
"나 혼자만의 힘이 아니야."
"하지만 프로팀에서 스카우트도 왔잖아?"
"아아, 뭐 그렇지."
내가 스카우트를 받았다는 이야기는 이미 온 학교에 알려졌다. 딱히 숨기고 있던 건 아니라 괜찮지만, 덕분에 온 학교가 축복하는 분위기가 돼버렸다.
"너무 나한테 딱 붙어있으면 여자 친구한테 혼난다."
"아아, 그러네…… 아니, 린은…… 그, 그 녀석은 아직 여자 친구 아니거든."
"아직, 말이지."
"시, 시끄러."
세리자와는 순식간에 얼굴이 새빨개졌다. 알기 쉬운 남자다.
"아무튼 대회 힘내라고."

"그래, 고마워."

세리자와와 헤어지고 부실에 들어갔다.

안고 있던 선물을 로커에 넣고 이걸 어떻게 가지고 갈까 생각하고 있으니 부원들도 선물을 줬다.

내일은 내 생일. 다른 사람에게 축하를 받는 건 기쁘지만, 고등학생이나 돼서 생일날에 크게 기뻐할 정도로 어리진 않다고── 생각하고 있었다.

올해는 유우 오빠가 있다. 유우 오빠에게 생일을 축하받을 수 있다. 그렇게 생각하니 정말 기대됐다. 왼쪽 손목에 뜨거운 느낌이 들었다.

옷을 갈아입고 있으니 스마트폰에 알림이. 몸이 뜨끔 하고 굳었다. 아사카한테서 온 라인이었다.

'오늘 밤에 그쪽에 도착해.'

아사카도 내 생일을 위해 와준다. 뭐, 아사카 같은 경우에는 유우 오빠를 만날 수 있다는 이유도 있겠지만.

쇼난의 밤에 일어난 일이 떠올랐다. 내가 방해해버린 그날 밤의 일이.

심장이 욱신거렸다. 아사카가 시즈오카에 돌아온다는 건 유우 오빠와 아사카가 만난다는 뜻이기도 한데…….

아사카는 또 유우 오빠에게 접근할지도 모른다. 그렇게 생각하니 정말 기분이 안 좋아졌다. 그리고 그 이상으로, 스스로에게 안 좋은 기분이 들었다. 친구의 용기 있는 고백을 방해하고, 그 결과에 안심하는 스스로에게.

아사카는 내가 발신자 표시 제한 전화를 걸어 방해한 것을 모른다.

어떤 얼굴로 아사카를 보면 좋을까.

*

"후우."

유우히는 교실로 돌아왔다. 무사히 마히루 선배에게 선물을 줘서 다행이다.

"응?"

스마트폰이 우웅 하고 진동했다. 라인 메시지를 받은 모양이다. 보니까 유우한테서 온 것이었다.

'이걸로 골랐어'라는 메시지가 온 후에 사진이 왔다.

여자인 친구에게 줄 선물에 대한 이야기일 것이다. 유우는 다 큰 어른인 주제에 센스가 유치하다고 해야 할까, 어긋났다고 해야 할까, 아무튼 좋지 않다.

사진을 확인해보니 금색 펜던트였다. 타원형 펜던트톱에 초승달이 조각되어 있었다.

"음~."

나쁘진 않나. 맨 처음 고른 하트 펜던트보다는 상당히 낫지만, 그냥 여자인 친구한테 펜던트를 선물하는 건 좀 무거운 느낌이 드는데. 달도 자기 이름*이랑 연관 지은 것 같아서 좀 그렇

---

*아리츠키 유우(有月 勇)의 이름에 달(月)이 들어간다.

단 말이지.

뭐, 본인이 이걸로 하겠다고 정했으면 된 거지. 이미 사버린 것 같으니.

그건 그렇고 유우의 여사친도 9월이 생일인가. 유우히가 선물을 사러 갈 때 데려가 줄 걸 그랬다.

'뭐, 괜찮네'라고 메시지를 보냈다. 물건 자체는 그렇게 나쁘진 않은 것 같다.

잠시 후 읽음 표시가 떴다.

'참고로 이거 열려.'

"?"

열려……?

열린다니, 뭐가?

그리고 전송된 사진을 본 유우히는 전율했다. 섬뜩함이 등줄기를 타고 식은땀이 났다.

"히익."

아까 전에 본 타원형 펜던트톱이 옆으로 딱 열려있는 게 아닌가. 유우가 산 것은 펜던트톱을 여닫을 수 있는 로켓펜던트였다.

"어? 아니, 이게 뭐야!!"

"유우히, 왜 그래?"

나도 모르게 큰 목소리를 내고 말았다. 반 친구가 이상해하는 표정으로 이쪽을 봤다.

"어, 아니, 아, 아무것도 아니야. 아하하."

그, 그 남자, 위태위태하다 싶었는데, 이 정도였나…….

이런 걸 여자애한테 선물하는 건 '내 사진을 여기에 넣어줘'라고 말하는 거나 마찬가지잖아. 여자 친구에게 선물하는 거라면 이해가 되지만 아직 친구인데 이걸 선물하는 건 아무래도 과하다.

그보다 만약 상대가 유우에게 연애 감정을 품고 있지 않으면 기분 나쁘게 여길 거야.

하지만 이미 사버린 것 같으니…….

"……."

저 남자에겐 언제 여자 친구가 생길지. 유우히는 무거운 한숨을 쉬었다.

*

'곧 신후지입니다. 내리는 문은 왼쪽입니다――.'

차내에 안내 방송이 흘러나왔다.

벌써 신후지역인가. 나는 내릴 준비를 하기 시작했다. 여름 방학 마지막 날에 헤어진 뒤로 한 번도 유우 오빠를 보지 못해 머리가 어떻게 될 것만 같았다.

학교가 끝나자마자 일요일까지 외출한다는 외출 신고서를 내고 시즈오카로 향했다.

플랫폼에 나오니 바람이 약간 차게 느껴졌다. 하지만 오히려 내 마음은 불타는 듯이 뜨거워져 있었다.

이제 곧 유우 오빠를 볼 수 있다. 그 사실만을 마음의 버팀목으로 삼아 8일 동안 살아왔다.

유우 오빠.

"우후후후후."

밤하늘에 빛나는 달은 한없이 아름다웠다.

3

9월 9일. 토요일 점심 무렵.

"유우 오빠."

휴식 중에 방에서 준비를 하고 있으니 아사카가 찾아왔다. 길고 아름다운 흑발, 안경 너머로 반짝이는 눈동자. 검은 원피스는 기장이 짧아 부드러워 보이는 허벅지가 엿보였다.

"어, 어어."

"보고 싶었어요."

아사카는 그렇게 말하고 나에게 안겨 왔다. 부드러운 물체 두 개가 내 몸에 꾹 눌렸다. 그녀에게서는 좋은 향이 감돌고 있어서 하늘에라도 오를 것 같은 기분이었다.

요염한 아사카의 몸에 욕정이 일어날 뻔해서, 쇼난에서 아저씨 세 명의 등을 밀어준 지옥의 목욕 타임을 떠올려 덮어씌웠다.

"자, 떨어져."

"아웃."

난 가능한 한 평상심을 유지하면서 아사카를 대했다. 아사카는 마히루의 생일 파티에 참가하기 위해 어젯밤에 후지노미야에 돌아왔다고 한다.

"점심은 먹었어?"
"아뇨, 아직이요."
"그럼 내 휴식이 끝나면 아래에서 뭔가 만들어줄게."
"감사합니다. 마히루한테는 몇 시쯤에 가요?"
"그 녀석은 오후에도 연습이 있는데, 6시 정도까지라고 말했었어. 그러니 그 정도 시간에 키타고까지 마히루를 데리러 갈 거야."
"그런가요."
아사카는 침대에 걸터앉아 다리를 꼬았다. 하얀 맨다리가 더 드러나서 나는 얼굴을 돌렸다.
"야, 기장이 너무 짧잖아."
"그치만 덥잖아요."
"선풍기라도 틀면 되잖아."
나는 선풍기를 켰고, 금방 그것이 악수였다는 것을 깨달았다. 선풍기 바람 때문에 정면에 있던 아사카의 원피스 자락이 날린 것이다. 허벅지보다, 더 안쪽이…….
"꺄."
"아, 미안."
바로 전원을 껐다.
"……노렸어요?"
"그럴 리가 없잖아."
"변태네요."
"아니거든!"

이대로 둘이서만 있으면 아사카의 페이스에 말려든다. 쇼난 때와 같은 잘못을 저지를 순 없다.

"자, 더우면 아래로 가자."

"네."

난 아사카와 함께 아래층으로 내려갔다.

*

"그럼 오늘은 이만 해산."

감독이 그렇게 마무리해서 회의가 끝났다.

'수고하셨습니다'라는 목소리가 체육관을 흔들었다.

부원들은 줄줄이 부실로 가서 옷을 갈아입었고, 나는 내일 할 연습에 대한 상의를 마치고 나서 샤워실로 향했다. 뜨거운 물을 머리부터 맞아 땀을 씻어냈다.

"하아."

지친 몸에 따뜻한 물이 기분 좋다.

샤워를 마치고 부실로 가니 아직 1학년들이 몇 명인가 남아있었다.

"자자, 빨리 집에 가~."

"네~."

"네~."

"네~."

"그럼 수고~."

"수고하셨습니다."
"수고하셨습니다."
"수고하셨습니다."
"그래."
부원들을 배웅하고 부실 문단속을 했다.
바깥은 이미 어둑어둑했고 별이 깜빡깜빡 빛나고 있었다. 시각은 6시 반. 오늘은 원래 오전 연습만 할 예정이었지만, 우연히 오후에 제2체육관을 사용할 예정이었던 남자 배구부가 쉬어서 갑자기 종일 연습을 하게 되었다.
"후우."
오늘도 피곤하네.
나는 가로수길 갓길에 앉아 기다렸다. 바로 앞에 있는 운동장에서는 축구부가 아직 연습을 하고 있었다. 오늘은 유우 오빠가 데리러 와준다. 얼마 안 있어 동문 쪽에서 눈에 익은 하얀 차가 와서 내 앞에 멈췄다.
"기다렸지."
유우 오빠가 운전석에서 얼굴을 보였다. 언제나처럼 태평하게 웃는 얼굴.
"안 기다렸으니까 괜찮아."
"자, 빨리 타."
"응."
조수석에 앉았다.
"고생했어."

"이거 뒤에 놔도 돼?"
난 종이봉투를 뒷좌석에 놓았다.
"그 짐은 뭐야."
"배구부 애들이 줬어."
"아, 생일 선물이구나. 인기 많네."
유우 오빠는 그렇게 말하고 차를 몰았다. 등받이에 몸을 맡기니 힘이 확 빠지는 느낌이 들었다. 오늘은 계속 움직였으니. 샤워를 하긴 했는데 땀 냄새 안 나려나, 나.
"피곤하지?"
"응. 한나절만 할 예정이었는데~. 완전히 녹초가 됐어. 아~, 배고파."
"이미 다들 기다리고 있어."
오늘은 내 집에서 생일 파티가 열린다.
"그렇지, 이거."
신호 때문에 멈춰 있는 사이, 유우 오빠는 뭔가 홀쭉한 상자를 꺼냈다.
"자, 마히루. 생일 축하해."
"헤헤, 고마워. 열어봐도 돼?"
"그래."
상자를 여니 안에는 금색 펜던트가 담겨있었다. 타원형 펜던트톱에 초승달 문양이 조각되어, 밤의 어둠 속에서 희미하게 빛나고 있었다.
"예쁘다……."

"후후후, 마히루. 사실 그 펜던트에는 장치가 있다고."
유우 오빠는 자신만만하게 말했다.
"장치?"
"옆을 열어봐."
"옆?"
펜던트톱 측면을 확인해보니, 세로로 선이 들어가 있었고 그 중앙에 2밀리 정도 되는 작은 홈 같은 것이 있었다. 거기에 손톱으로 찌르듯이 손가락을 밀어 넣자 펜던트톱이 딸깍 하고 열리는 게 아닌가.
"흐음, 로켓펜던트인가."
"거기에 사진이나 부적을 넣을 수 있어."
"좋네."
"흐흥, 그렇지?"
유우 오빠는 자신만만하게 콧소리를 냈다.
이런 작은 장치라고 해야 할까, 자잘한 구조가 있는 물건은 로망이 느껴져서 좋아한다. 굳이 말하자면 남자애 같은 취향이지만 유우 오빠랑 센스가 똑같다고 생각하면 그렇게 나쁜 건 아니다.
"에헤헤, 고마워, 유우 오빠."
"그래."
바로 착용해봤다. 가슴 위에서 반짝이는 금빛 초승달. 응, 괜찮네.
이윽고 우리 집에 도착했다.
"자, 주역을 데려왔다고."

"다녀왔습니다."
"어서 와."
"어서 와."
"어서 와."
미야와 아사카, 그리고 미소라가 마중 나와줬다.
"오오, 다들 와 있었구나."
아사카는 유난히 기장이 짧은 드레스풍 미니 원피스 차림이다.
"늦잖아, 마히루~"라고 말하는 미야.
"미안 미안, 부활동이 길어져서."
"뭐, 주역은 늦게 오는 법이잖아."
유우 오빠가 말했다.
"어라, 마히루, 그 펜던트……."
아사카는 내 가슴에 눈을 돌렸다.
"아까 유우 오빠한테 받았어."
"예쁘다."
아사카는 그렇게 말하고 빙긋 미소 지었다.
"유우 씨, 센스가 상당히 좋잖아."
미소라도 칭찬했다.
"후후후, 얘들아, 이 펜던트에는 장치가 있는데——."
"그런 것보다 빨리 밥 먹자. 나 배고파."
미야가 떼를 써서 우린 거실로 향했다.
우리 집에서 키우고 있는 세 마리 파피용, 그라, 카이, 렉이 다리에 달라붙었다. 이 아이들은 내가 유치원생일 때 키우기 시작했으니 다들 나이가 벌써 할아버지 할머니일 텐데, 아직 건강하다.

테이블 위에는 호화로운 식사가 마련되어 있었다.

'올해는 유우 군이 있어서 잔뜩 만들었어'라면서 엄마는 웃었다.

오늘은 몇 년이나 계속 바라왔던 유우 오빠가 있는 생일.

"그럼 불 끌게."

엄마가 방의 불을 끄자 케이크에 피워진 촛불이 어둠 속에서 하늘하늘 떠올랐다. 내가 촛불을 불어서 끄자 모두가 생일 축하 노래를 불러줬다.

"자, 마히루."

미야가 준 선물은 하얀 바탕에 빨간 하트가 들어간 니트 모자다.

"오오, 좋네."

"난 이거."

아사카가 준 것은 시크한 검은색 숏 부츠였다.

"오오, 멋지네."

"자, 마히루."

미소라는 귀여운 핑크색 샤프를 줬다.

"고마워."

"에헤헤."

"유우 군, 맥주면 되겠니?"

"아, 차 끌고 왔으니까 괜찮아요."

"차는 우리 집에 두고 걸어서 가면 되잖아. 혼자 마시는 건 쓸

쓸해."
"그럼 한 잔만."
"네네~."
엄마는 큰 맥주잔을 두 개 가지고 왔다.
"저기, 한 잔이……."
"이게 우리 집의 한 잔이야."
"에에……."
그리고 식사가 시작되었다. 유우 오빠 옆에 아사카가 앉아 있는 바람에, 나는 신경 쓰여서 진정이 영 안 됐다.
"영차."
아사카는 몸을 앞으로 내밀어── 아니, 유우 오빠에게 자기 몸을 밀어붙이듯이 멀리 있는 요리를 집으려고 했다.
"야, 야, 집어줄게."
"감사합니다."
"얍 얍 얍."
미야는 달라붙어 장난치는 개들을 발로 어르고 있었다.
"그러고 보니 마히루, 홋카이도에 있는 팀에도 스카우트 받았다면서?"
한바탕 어르는 게 끝났는지 미야는 다시 앉아서 물었다.
"어? 아, 맞아."
"어? 그래? 마히루."
"아아, 아사카한테는 아직 말 안 했었지."
"나도 몰라."

유우 오빠가 이쪽으로 얼굴을 돌렸다.
'나도'라면서 미소라도 말했다.
"그~, 뭐였지…… 하코다테가 아니라――."
"삿포로 멜로네지?"
두 잔째인 맥주잔을 한 손에 들고 엄마가 말했다.
"아, 맞아 맞아, 거기 거기."
"두 곳에서 지명 받다니 대단하네, 마히루."
아사카는 그렇게 말하고 싱긋 웃었다.
"이야아, 아하하……."
"엄마는 쿠마모토가 좋을 것 같은데."
'아, 그런가. 아줌마는 쿠마모토 사람이었지'라고 말하는 미야.
"쿠마모토는 좋다구~. 술도 맛있고 따뜻해. 마늘을 얹은 말육회를 소주로 넘기면 정말 살살 녹지."
"쿠마몬도 있지~."
미소라가 덧붙였다.
"그래서 어디로 갈지 정했어?"
미야가 물었다.
"어? 아, 아니…… 아직."
유우 오빠가 없는 곳에는 가고 싶지 않다. 이게 본심이다. 하지만 이렇게 기대를 받는 가운데 그런 이유를 들면 다들 실망하겠지.
식사를 마치고 엄마가 노트북을 가져왔다.
'어~이, 마히루, 잘 지내니~?'

컴퓨터의 원격 화면에 나오고 있는 건 우리 아빠, 류샤쿠 이치로다. 정돈된 검은 머리칼에 날씬하고 큰 키. 2년 전부터 오사카에 단신 부임해서 골든 위크나 오봉 등의 장기 연휴 때 돌아와 며칠 만날까 말까. 하지만 올해는 일이 바빴는지 골든 위크 때도 오봉 연휴 때도 귀성하지 않았다.

'생일 축하해.'

"고마워."

'선물은 도착했어?'

"응."

아빠가 보낸 선물은 택배로 와있었다.

'오, 어라?'

"오랜만입니다."

유우 오빠가 화면에 비쳤다.

'유우 군, 오랜만이네.'

"이치로 씨도 변함없으신 것 같네요."

'이야, 진짜 오랜만이구나.'

오랜만에 얼굴을 맞댄 두 사람은 술을 마시면서 이야기하기 시작했다.

"귀엽네."

"나도 개 키우고 싶어~. 언니, 엄마한테 부탁해줘."

미야는 미소라와 함께 다시 개들과 놀기 시작했다. 엄마와 유우 오빠는 화상 통화로 아빠를 상대하고 있다. 기회는 지금밖에 없다. 난 결심하고 아사카에게 말을 걸었다.

"있잖아, 아사카, 잠깐 괜찮을까."

"왜애?"

바깥에 있는 마당에 아사카와 같이 나왔다.

"하늘이 참 예쁘다."

완전히 깊어진 밤하늘에 달이 빛나고 있었다.

"있잖아, 아사카."

"왜애?"

"아사카는 있잖아."

"응."

"유우 오빠, 좋아해?"

"어?"

아아, 결국 물어보고 말았다.

내가 아사카의 마음을 알아차리고 있다는 걸 알면 아사카도 조금은 유우 오빠에 대한 대시를 자중할지도 모른다. 그렇게 생각해서 물어본 것이다.

오늘 보여준 모습을 봐도 아사카는 유우 오빠에 대한 신체 접촉이 많았고, 복장도 노출이 많았다. 유우 오빠가 도쿄에서 돌아오기 전의 아사카와는 분위기가 달랐다.

이 상태면 또 쇼난의 밤처럼 폭주하는 것도 시간문제일지도 모른다.

자, 어떻게 나올까?

시치미 뗄 것인가, 아니면 인정할 것인가.

"응, 실은 그래."

아사카는 부정하지 않고 깔끔하게 말했다. 그리고 얼굴을 확 붉히고 볼을 손으로 감쌌다.

"그래……."

"둘에겐 아직 말 안 했는데 알아차리다니, 역시 마히루야. 깜짝 놀랐어?"

"어어, 뭐."

"그렇구나. 미야나 마히루한테는 아직 말 안 했었지만, 난 유우 오빠를 한 사람의 남자로서 좋아해. 둘에겐 친한 오빠여도 나에겐……."

말하는 태도나 표정을 보면 아사카가 정말로 유우 오빠를 좋아한다는 마음이 전해져 왔다. 하지만 나도 유우 오빠를 좋아한다.

"그러니까──."

그리고 아사카는 이쪽으로 고개를 돌렸다. 달빛을 받아 신비한 아름다움이 느껴졌다.

"**응원해줄 거지**? 마히루."

건방진 꼬맹이와 옛날 놀이

"뭔가 한가하네~."

마히루는 게임 컨트롤러를 안으면서 침대에 누웠다.

'게임도 질렸어'라고 말하는 아사카.

"바깥은 추울 것 같아."

미야는 창문에 다가가 밖을 바라봤다.

"그래도 말이야, 달리 할 게 없잖아. 난 이렇게 더럽게 추운데 밖에 나가는 건 싫다고."

"나도 오늘은 너무 추우니까 안에서 놀고 싶어."

12월에 접어든 뒤부터 계속 버그가 난 것처럼 추운 날만 이어졌다. 꼬맹이들이 밖에서 노는 것보다 실내에서 노는 것을 우선할 정도로 추워서 매일 내 방에 와서는 게임을 하면서 놀거나 애니메이션을 보면서 지내고 있었다.

"뭐 할 거 없어?"

미야는 방 안을 어슬렁거렸다.

"한가하면 숙제라도——."

"뭐 할 거 없어?"

"들으라고."

"뭐 놀거리 없어?"

마히루는 그렇게 말하고 옷장을 열고 선반 안을 뒤지기 시작했다.

"바보야, 그런 곳에는 아무것도 없다니깐."

내 말도 듣지 않고 마히루는 옷장 안쪽까지 들어갔다.

"앗, 이거 뭐야?"

이윽고 뭔가 찾아냈는지 마히루는 얼굴을 내밀었다.

"마히루, 그거 뭐야? 장난감?"

"몰라. 유우 오빠, 이거 뭐야?"

마히루의 손에 쥐어져 있던 것은 작은 원형 장난감— 베○블레이드다.

"너, 또 그리운 걸 찾았네. 그건 베○블레이드야."

베○블레이드. 그것은 타○라토미가 판매하고 있는 팽이형 장난감이며, 팽이에 커스터마이즈성과 경기성을 추가한 대전형 놀이다.

그 인기는 대단해서 발매 당초에는 아침부터 장난감 가게에 사람이 줄을 서고 순식간에 매진될 정도였다. 나도 아버지에게 이끌려 베○블레이드를 사기 위해 아침 일찍부터 가게에 줄을 선 기억이 있다.

"내가 어렸을 때 가지고 놀던 장난감이야."

"흐~음."

"흐~음."

"흐~음."

마히루가 찾아낸 것은 드레이거V2. 강력한 어퍼 공격을 가할 수 있는 드레이거 시리즈의 최고 걸작으로 유명한 베○다.

'어떻게 가지고 노는 거야?'라면서 미야가 마히루의 손을 들여다봤다.

"기다려 기다려. 이거 하나로는 갖고 놀 수 없으니까 슈터랑 와인더도 있어야지."

난 옷장 속에서 베○를 넣어둔 상자를 꺼냈다.

"이거지 이거야."

직사각형 슈터에 베○블레이드를 세팅하고 와인더라 불리는 가늘고 긴 도구를 꽂는다. 이 와인더를 힘차게 당김으로써 슈터의 축을 회전시켜 세팅된 베○블레이드를 회전시키는 것이다.

난 시험 삼아 카펫 위에 베○를 슛 해봤다. 와인더를 뽑는 감촉. 고속 회전하는 베○. 아아, 그립군.

"오오, 대단해."

"나도 시켜줘."

"저도 하고 싶어요."

"잠깐 잠깐, 이건 제대로 갖고 노는 법이 있어."

난 스타디움을 꺼냈다.

"여기에 베○를 슛해서 대전하는 거야. 자, 마음에 드는 걸 골라."

"난 이 드래곤."

"난 아까 전의 호랑이가 좋아."

"이 노란 프리스비 같은 건 세요?"

"아사카, 그것만은 절대로 안 하는 게 좋아."

"네에."

그렇게 꼬맹이들은 각자의 베ㅇ를 골랐다.

"돌리는 법은 가르쳐줬지. 좋아, 간다. 3, 2, 1. 고~, 슛!"

네 개의 베ㅇ가 스타디움을 달렸다. 그리고 베ㅇ끼리 부딪치는 통쾌한 소리가 울렸다. 꼬맹이들은 스타디움을 들여다보면서 진지한 표정을 보였다.

"힘내라~."

"힘내라~."

"힘내라~."

슛한 뒤에는 이렇게 지켜보기만 하지만, 그것만으로도 조마조마 두근두근 즐길 수 있는 게 베ㅇ블레이드의 좋은 점이다.

이윽고 미야의 드래ㅇ V2가 모두의 베ㅇ를 날려버렸다.

"와~, 내가 이겼다."

"이번엔 다른 걸 쓸 거야."

"유우 오빠, 어떤 게 제일 세요?"

"후후후, 너희들, 베ㅇ블레이드의 진정한 묘미는 지금부터라고."

난 어택링을 돌려 베ㅇ를 분해했다.

"아, 부서졌다!"

미야가 소리쳤다.

"아니야 아니야. 이렇게 분해해서 다른 파츠랑 교환해서 개조할 수 있어."

"오오."

"오오."

"오오."

꼬맹이들은 완전히 빠져든 듯했다.

*

"와, 이 파란 거 점프했어!"

"이 초록색인 거는 뭔가 롤러가 잔뜩 달려있어."

"유우 오빠, 이 하늘색 로봇은 뭐야?"

미야와 아사카가 베○블레이드에 열중하는 옆에서 마히루는 다시 옛날 장난감을 발굴하고 있었다.

"그건 비○맨이네."

"비듬?"

"아니, 그게 아니라. 구슬을 써서 노는 거야."

베○블레이드, 비○맨, 유○왕 카드는 우리 세대의 3종 신기라 해도 과언이 아니다. 내 어린 시절은 다양한 어린이용 취미가 생겼다가 사라져간 취미 전국시대였다.

베○블레이드 등의 큰 붐을 일으킨 취미도 있는가 하면, 역사의 뒤안길로 사라져간 슬픈 취미도 있었다. B○NG, 배틀○필, 탄○ 레이서, 건다○스, 크러시 ○어, 배틀○트, 아프로 ○서즈, 우즈○진…… 뭔가 영양제 퍼즐 같은 장난감, 등등.

정말 그 시대에는 많은 취미가 있었다. 그리고 수많은 취미가 순식간에 사라져 갔다…….

다시 하던 이야기를 하자. 비○맨이란, 구슬을 복부에 세팅하고 등을 눌러 발사하는 장난감이다. 마히루가 발견한 것은 파이어 비○맨 시리즈의 초기 제품 코발트 소드다.

"자, 이렇게 옆으로 구슬을 넣고——."

난 시범을 보여주고자 바닥에 앉아 벽을 향해 구슬을 발사했다. 발사된 구슬은 똑바로 날아가 벽에 부딪혀 튕겨서 돌아왔다.

"오오. 나도 할래 나도 할래."

"자."

마히루가 쓰게 해줬다. 그러자 마히루가 이쪽으로 휙 돌아서 나에게 비○맨을 겨누는 게 아닌가.

"받아라, 유우 오빠."

"야 인마, 비○맨을 사람을 향해 쏴서는 안 돼요!"

비○맨을 사람을 향해 쏴서는 안 된다는 최소한의 규칙도 지키지 못하는 건가. 비○맨으로서 상종할 수 없는 녀석이다. 정말이지, 이래서 건방진 꼬맹이는.

"알았어."

"자, 벽을 향해서 쏴."

마히루는 선 채로 발사했다.

"어라?"

하지만 발사된 구슬은 똑바로 벽에 명중—— 할 리가 없고, 중력을 따라 곡선을 그리면서 바닥에 톡 떨어지더니 데굴데굴 굴러 벽에 부딪혔다.

"……."

"……."

"……."

"……."

"……."

"……뭐야 이게, 김새네."

"김샌다고 하지 마."

어쩔 수 없잖아.

만화나 애니메이션처럼 10미터나 똑바로 날아가는 물건을 애들 장난감으로 팔 수 있을 리가 없다. 아이는 이렇게 이상과 현실의 차이를 배워나가는 것이다.

특히 파이어 비○맨 시리즈는 비교적 파워가 없고, 이 코발트 소드는 조여 쏘기도 할 수 없기 때문에 이렇게 되는 건 어쩔 수 없다.

"그건 뭐가 재밌는 거야?"

멀리서 보고 있던 미야가 말했다.

"유우 오빠는 이런 걸로 놀고 있었나. 불쌍한 어린 시절이야."

마히루가 불쌍히 여기는 눈으로 봤다.

"바보야. 잘 들어, 이건 바닥이나 테이블 위처럼 평평한 곳에서 가지고 노는 거야. 이렇게 말이야."

난 복도로 나와서 복도 끝에 표적으로 빈 페트병을 둔 뒤, 조준하고 쐈다. 구슬은 마룻바닥 위를 미끄러지듯이 가서 페트병에 명중…… 했지만 쓰러지지 않았다. 역시 이 녀석은 파워가 부족하다.

꼬맹이들은 어쩌고 있나 보니, 내 멋진 모습도 보지 않고 다시 옛날 장난감을 뒤지고 있었다.

"이 드릴이 달린 차 같은 건 뭐야."
"앗, 안쪽에 엄청 큰 피○츄 같은 인형이 있어."
"유우 오빠, 이 반짝거리는 연필은 왜 글자가 잔뜩 적혀있어요?"
나에겐 그리운 장난감이지만 꼬맹이들에겐 신선한 경험일 것이다.
난 꼬맹이들에게 추억의 장난감을 설명하면서 옷장 속에서 옛 파트너를 찾아냈다.
"찾았다 찾았다."
짙은 남색에 우락부락한 바디에 빨간 뿔을 가진 악랄해 보이는 외형을 가진 비○맨, 스팅거 스콜피온스. 슈퍼 비○맨 시리즈의 기체라면 파워는 손색없다.
시험 삼아 쏴보니 페트병을 간단히 쓰러뜨릴 수 있었다.
"자, 너희도 비○맨을 해라."
"그건 재미없고 시시한걸."
"이건 아까 전의 것과는 다르다고."
양 사이드의 빨간 부분을 옆으로 누름으로써 안에서 구슬을 조여 강력한 샷— 조여 쏘기를 할 수 있다.
"후후훗."
난 어느샌가 동심으로 돌아가 있었다.
옛날엔 이 긴 복도에서 친구와 마주 보고 비○맨 배틀을 했었지. 그래서 복도 한가운데에 있는 계단 쪽으로 구슬이 떨어져서 어머니한테 자주 혼났었다.
양 손가락에 힘을 꾹 줘서 내부의 구슬을 조였다. 어른의 힘으로 쏘는 파워샷은 과연 위력이 어떨까.

엄지로 트리거를 밀었다. 조인 부분이 저항력을 가해 상당히 빡빡하지만 그만큼 파워가 나온다는 뜻이다.

“이얍.”

슉 하고 구슬이 힘차게 날았다. 조준은 완벽하다. 표적을 향해 똑바로 일직선, 으로 가나 싶었는데 그 순간 궤도상에 발이 나타났다.

“앗.”

어머니가 계단을 올라와 있었던 것이다.

‘위험해’라고 말할 새도 없이 내가 쏜 파워샷은 어머니의 왼쪽 새끼발가락에 명중해 둔탁한 소리가 났다.

“꺄아아아아아아아아아아아.”

그리고 울려 퍼지는 어머니의 비명. 기세를 잃고 힘없이 굴러가는 구슬.

“아야.”

그 자리에 주저앉은 어머니는 이쪽을 향해 귀신 같은 표정을 보였다.

“유우?”

“아아아아아.”

난 동심과 함께 어린 시절에 무슨 일을 저질렀을 때 느꼈던 감정을 떠올렸다.

*

그 후, 아리츠키 유우는 어렸을 때처럼 혼났다고 한다.

건방진 꼬맹이는 행복해

1

"아아, 유우 오빠가 공 가져간다. 마히루, 어떻게 좀 해봐."
"안 돼, 늦었어."
"흐하하하하, 받아라, 랭○마스터다."
스테이지를 종횡무진 뛰어다니며 꼬맹이들을 격추해 나갔다.
"도망쳐."
"아아, 아아~."
"후후후, 내 승리로군."
오늘은 겐도지가에 놀러 와 있었다. 난방이 잘 되는 따끈따끈한 방에서 언제나처럼 큰 화면으로 비디오 게임을 했다. 한차례 논 후에 과자를 먹으면서 휴식했다.
"아사카, 드디어 모레 생일이네."
침대 위에 있는 마히루가 말했다.
"응."
아사카는 기쁜 듯이 수줍어하고 내 등에 달려들었다.
"유우 오빠, 선물 줘야 해요."
"알았어."

모레, 12월 8일은 아사카의 생일이다. 가족이 모두 모여서 쇼난의 별장에 간다고 한다. 그래서 우린 내일 선물을 준다.

하지만 무엇을 선물할까. 미야에겐 머리핀, 마히루에겐 리스트밴드를 선물했는데, 아사카는 부잣집 따님이니까 갖고 싶은 건 대부분 가질 수 있을 테니 말이다.

"생일날에는 어머니도 일을 쉰다고 했어요."

"그러고 보니 아사카의 어머니는 뵌 적이 없네."

아버지인 하나요시 씨와는 몇 번인가 만난 적이 있지만 아사카의 어머니와는 아직 만난 적이 없다.

듣기로는 변호사 일을 하고 있다고 하며 일이 바빠서 좀처럼 집에 오지 못한다고 한다.

"사진 있어요."

아사카는 그렇게 말하고 자리에서 일어났다. 잠시 후, 커다란 앨범을 몇 권인가 안고 돌아왔다. 우린 바닥에 앨범을 펼치고 둘러앉아 들여다봤다.

"이게 어머니예요."

아사카가 가리킨 사진에는 묘령의 미녀가 찍혀있었다. 어딘가의 료칸이나 호텔에서 유카타를 입고 사진을 찍었다. 또렷한 얼굴에 강직해 보이는 눈빛, 아름답고 긴 흑발에 계란처럼 하얀 피부. 그리고 터무니없이 크게 부푼 흉부.

"아이카라고 해요."

"흐음."

얼굴은 아사카와 닮은 부분이 있다. 모녀구나. 아사카도 크면 이렇게 자라날까.
"조금 옛날 사진인 것 같아요."
아사카의 말대로 이건 옛날에 찍은 사진 같다. 옆에는 하나요시 씨가 서있는데, 외모가 지금보다 꽤나 젊었기 때문이다. 피부의 혈색도 좋고 주름도 지금보다 적다. 사진의 색이 바랜 정도를 보니 조금이라기보다는 꽤 옛날인가 보다.
"이건 언니들이에요."
"호오."
10살 정도의 차분해 보이는 긴 흑발을 가진 소녀와 유치원생 정도의 장난기 많아 보이는 단발머리 소녀. 그 뒤에서 아이카 씨와 하나요시 씨가 웃고 있었다. 장소는 어딘가의 정원…… 혹시 이 집의 정원일까.
"그런가, 유우 오빠는 아줌마를 본 적이 없나."
마히루가 말했다.
"뭐 그렇지."
"엄청 미인이야."
"어머니는 집에 자주 못 오셔요……."
아사카는 약간 섭섭한 듯한 표정을 보였다.
"하지만 생일에는 있잖아?"
미야가 격려하듯이 옆에서 말했다.
"응."
그리고 우린 다시 앨범에 시선을 떨궜다. 다른 집안의 앨범은 그 집의 역사를 엿보는 것 같아서 배덕감이 느껴져 즐겁다. 젊었을 때의 하나요시 씨는 지금보다 풍성해서 세월의 잔혹함을 이야기해주는 것 같았다.

"아사카의 사진은?"

미야가 설레는 목소리로 말했다.

"내 건 여기."

아사카는 다른 앨범을 펼쳤다.

이건 아사카 전용 앨범인지 거의 모든 사진이 아사카만 찍혀 있는 호화 사양이었다. 요람 속에서 새근새근 자는 갓난아기 시절의 아사카. 지금보다 머리카락이 짧은 한 살 정도의 아사카. 안경은 유치원 때부터 쓰기 시작한 모양이다. 유치원 원복을 입은 지금보다 머리 하나 정도 작은 아사카 등등.

"귀엽네."

"에헤헤."

미야는 산타 분장을 한 아사카의 사진을 보고 말했다.

"그립네, 이거 재롱잔치 사진이잖아."

"미야, 이때 안무 틀렸었지."

"마히루, 시끄러."

"마히루도 대사 틀리지 않았어?"

"그, 그건 일부러 그런 거야. 그게 더 멋지다고 생각해서."

"……분명 거짓말이야."

꼬맹이들은 추억 이야기를 펼쳤다. 겨우 1, 2년 전의 일이라도 어린 그녀들 입장에선 그리워할 만한 추억일 것이다.

"대단하네, 아사카 사진밖에 없어. 아사카 스페셜이네."

마히루가 부러운 듯이 말하자 아사카는 약간 풀이 죽었다.
"응. 다른 사람들은 바쁘니까……."
그 한마디로 나는 어떤 것을 알아차렸다.
아사카의 앨범에 있는 사진 대부분의 피사체가 아사카 한 명뿐이라는 것이다. 다른 자매의 앨범 사진에는 하나요시 씨나 아이카 씨, 혹은 그 둘이 같이 찍혀있는 게 대부분을 차지하고 있었지만 아사카의 사진은 그렇지 않았다.
아사카는 언니들과는 나이 차이가 많이 나니, 상상하건대 부모님 모두 나이가 든 후에 생긴 아이일 것이다. 따라서 부모님 모두 일이 바쁜 시기와 육아 시기가 겹쳐버려서 가족이 다 같이 사진을 찍는 것이 어려웠을 것이다.
나이 차이가 나는 언니들도 지금은 사회인이라고 하니, 가족이 다 같이 일상을 함께 보내는 시간도 없지 않은가. 형제자매들 중에 막내의 사진이 다른 형제보다 적거나 함께 찍힌 사람이 적어지거나 하는 건 뭐, 흔히 있는 일일 것이다.
"……흠."
"왜 그러세요? 유우 오빠?"
아사카가 이상해하는 얼굴로 날 봤다.
"음, 아무것도 아니야."
"슬슬 게임하자."
마히루가 말했다.
"그렇네."
휴식을 마친 우리는 다시 게임을 했다.

"이얍, 이얍."

"앗, 또 유우 오빠가 있는 곳에 공이."

"유치하다고."

"흐하하하하, 파동의 힘을 봐라."

*

그날 돌아가는 길에 미야와 마히루를 각각 집에 데려다준 후에 난 이○의 잡화점에 들렀다. 사람이 많이 몰리는 시간에 와서 상당히 혼잡했지만, 잡화점 쪽은 그렇게 붐비지 않았다.

어떤 물건을 찾아서 가게 안을 돌아다녔다.

"오, 이거 괜찮네."

10분 정도 돌아다녀 찾던 것을 발견했다. 가격도 적당하고 외양도 귀여웠다. 아사카의 방에도 잘 어울릴 것 같다. 그걸 사서 선물용 포장을 하고 집으로 돌아갔다. 그리고 아버지의 방에서 어떤 물건을 조달했다.

"아빠, 이거 좀 빌려줘."

가게로 내려가 아버지에게 말을 걸었다. 아버지는 마침 주문받은 파스타를 만들던 참이었다.

"괜찮은데, 어디에 쓰려고?"

"꼬맹이들한테 좀 쓰려고."

"쓰는 법은 아나?"

"그럼."

2

다음 날. 12월 9일.

날씨는 맑음. 파랗고 맑게 갠 겨울 하늘에 후지산이 선명하게 보이는 아주 좋은 날이다.

"실례하지."

"실례합니다~."

"실례합니다~."

"어서 와."

우린 겐도지가에 놀러 왔다.

"자, 아사카."

"생일 선물이야."

미야와 마히루가 하루 빠른 생일 선물을 줬다.

"고마워."

아사카는 행복 가득한 미소를 보여주고 기대에 찬 눈빛으로 나를 봤다.

"나는…… 잠깐 밖으로 나갈까."

"?"

"?"

"?"

그리고 우린 전망 테라스로 나왔다.

"유우 오빠, 뭐예요?"

어리둥절해하는 아사카를 테라스 끝에 세웠다.
'사진 찍는 거야?'라고 물어보는 미야.
"맞아."
난 아버지에게 빌린 카메라와 삼각대를 조립했다.
"그 짐은 카메라였구나."
"아사카, 내가 주는 선물은 이거야."
난 직사각형 꾸러미를 건넸다.
"뭔가요, 앗."
아사카는 꾸러미를 풀어나갔다.
"액자야?"
마히루가 옆에서 들여다봤다. 나무로 만들어진 액자인데 하트와 별이 바깥쪽 테두리에 장식된 귀여운 물건이다.
"와아, 예쁘다."
아사카는 웃음을 지었다.
"아사카랑 우리 다 같이 사진을 찍어서 거기에 넣자."
"……네!"
"다 같이 찍는 거야?"
"유우 오빠도 센스가 좋네."
"자, 미야랑 마히루도 옆에 나란히 서."
"저기, 유우 오빠도 같이……."
아사카가 애원하는 듯한 시선으로 봤다.
"알고 있어. 타이머로 찍을 거니까 안심해."
후지산과 그 기슭에 펼쳐진 후지노미야 거리를 배경으로 우리

는 테라스 끝에 나란히 섰다. 이윽고, 마른 하늘에 찰칵 하는 소리가 울렸다.

*

"에헤헤."

머리맡에 놓인 액자 속에서 미소를 보이는 네 사람.

자기 앨범은 자기만 찍힌 사진뿐. 그건 아사카 스스로도 어렴풋이 알아차리고 있었고, 콤플렉스까지는 아니더라도 조금 신경 쓰고 있었다.

하지만 앞으로는 다르다.

"다들, 잘 자."

행복한 일상의 한 페이지가 지켜보는 가운데 아사카는 잠에 들었다.

제3장 한 걸음의 용기

1

"응원해줄 거지? 마히루."

아사카는 그렇게 말하고 창피한 듯이 얼굴을 붉혔다. 애처롭게 깍지를 다시 끼고 시선을 아래로 비스듬히 내렸다.

응원?

뭘?

가슴속에서 빙글빙글 뭔가가 소용돌이쳤다. 아사카와 유우 오빠의 사이가 좋아지도록, 내가 응원을……?

빙글빙글 돌던 것은 얼마 지나지 않아 질척질척하게 바뀌어 내 온몸에 퍼져갔다. 권태감과도 비슷한 불쾌한 느낌이 몸을 무겁게 했다.

상상해봤다.

아사카와 유우 오빠, 둘이 사랑하는 사이가 되고, 사귀고, 결혼하고.

그 과정에서 아사카의 연애 상담을 듣고 조언을 하고 둘이 맺어져 가는 것을 옆에서 계속 보는 내 모습을…….

그런 건, 말도 안 된다.

말해.

말하는 거야.

나도 유우 오빠를 좋아한다고.

하지만 만약 말하면 아사카를 통해서 내 마음을 유우 오빠에게 들켜버릴지도 모른다. 진심으로 고백한 아사카와는 달리 난 아직 마음을 전하지도 못했다.

난 현재 상황의 **편안함**에 기대고 있었다. 겨우 유우 오빠가 도쿄에서 돌아와서 미야와 시시한 게임을 하고, 여름 방학이 되어서 아사카도 와서, 이 넷이서 다시 쭉 즐겁게 지낼 수 있을 거라 생각하고 있었다.

하지만 계속 똑같은 건 있을 수 없다. 10년 전에 유우 오빠가 도쿄에 가버린 것처럼, 변하지 않는 것은 이 세상에 존재하지 않는다.

말해, 말하는 거야.

"하하, 아아…… 역시 그렇구나."

"마히루는 알아차리는구나. 역시 어릴 때부터 쭉 같이 있어서 그런 걸까."

말해.

"설마 유우 오빠를 좋아하다니……."

"카나가와랑 시즈오카니까 거리가 꽤 있지만, 쉬는 날에는 되도록 여기에 돌아올 생각이야. 그러니까 마히루도 협력해줬으면 좋겠어."

아사카는 그렇게 말하고 미소 지었다.

이상하게 땀이 나서 온몸이 춥다. 그런데 불타는 듯이 뜨거운 감각이 온몸을 맴돌았다.

아사카의 얼굴을 똑바로 볼 수 없었다.

하지만 이걸 태도로 드러내면 동요하고 있다고 생각할지도.
……말하는 거야.
이제 용기를 내.
이대로 아사카에게 유우 오빠를 빼앗겨도 좋아?
10년 전의 갑작스러운 이별처럼 돌이킬 수 없게 된 후에 후회해도 늦단 말이야.
"……."
난 최대한 아무렇지 않은 척을 하고 목소리를 쥐어 짜냈다.
"열심히 해…… 아하하."

*

"우와아아아아아."
"아하하하, 언니 재밌어!"
실내로 돌아가니 미야는 개들에게 밀려 넘어졌고, 개들이 미야의 온몸을 마구 핥고 있었다.
"뭐 하는 거야 미야."
"마히루 도와줘~."
"네네. 욕실에서 씻고 와."
미야를 일으켰다.
"으으~, 끈적끈적해애."
"무슨 얘기 하고 있었어?"
유우 오빠는 빨간 얼굴로 물었다. 엄마가 술을 꽤 많이 먹인 모양이다.
"아니, 뭐 잠깐."
아사카 쪽을 보니 무언의 윙크가 돌아왔다.
"진로 상담이라고 할까…… 아하하."
"그런가, 진학이든 취직이든 내가 말할 수 있는 건 단 하나. 참는 거랑 노력하는 건 다르다고."
"그게 뭐야, 철학?"
"도망친다는 선택지는 항상 머리에 넣어두라는 말이야. 싫은 일이나 괴로운 일이 있으면 그에 맞서는 것도 물론 중요하지만, 노력으로 어떻게 할 수 없는 일도 있어. 불합리함을 받아들이는 건 노력이 아니야. 때로는 도망치는 것도 중요해. 그렇게 안 하면 괴로운 일을 질질 끌게 된다고."
전에 없이 진지한 말투다.
"술 취한 사람이 말해도 설득력 없어."
"뭐라고~."
"아하하하."

*

다음 날.
오늘도 아침부터 배구부 연습이다. 샤워를 하고 아침밥을 든든히 먹고 집을 나섰다.
"다녀오겠습니다~."

걸으면서 어제 일을 생각했다.

스스로가 한심해서 참을 수가 없다. 추호도 생각하지 않는 '응원'이라는 마음을 자신의 진정한 마음을 억누르면서까지 입에 담다니, 이 얼마나 한심한 여자인가.

왜 한 걸음 내딛을 용기를 내지 못하는 것인가.

이대로 가면 정말로 아사카와 유우 오빠가 맺어져 버릴지도 모른다.

학교에 가는 도중, 〈문 나이트 테라스〉 앞을 지나가는데 마침 아사카와 유우 오빠가 같이 나오는 참이었다. 어제 꽤 마셨는데 숙취가 없는 것 같아 안심했다.

"안녕."

"오오, 마히루."

"마히루, 안녕."

"어디 가?"

"아, 아사카가 동물원에 가고 싶다고 해서. 오늘은 나도 쉬는 날이니까 잠깐 니혼다이라 동물원까지 갔다 올 거야."

"아, 그래. 그렇게 멀리까지……."

"사실은 다 같이 가고 싶지만 미야는 학원에 가고 마히루는 부활동이 있잖아. 아쉬워."

입으로는 그렇게 말하고 있지만, 아사카는 왠지 기뻐 보였다. 유우 오빠도 쇼난에서 그런 일이 있었던 것 치고는 아사카를 경계하지 않는다는 느낌이 들었다.

아사카는 오늘도 노출이 많은 복장이다. 어깨가 드러난 하얀 블라우스에 검은 미니스커트. 가슴팍에는 가는 리본타이가 드리워져 있었고 발에는 검은 숏 부츠를 신고 있었다.

"그렇지, 마히루. 학교까지 데려다줄게."

"아니, 괜찮아. 걷는 게 운동 되니까……."

"그래? 그럼 차 빼 올게."

유우 오빠는 종종걸음으로 도로를 사이에 두고 건너편에 있는 주차장으로 갔다.

"마히루."

아사카는 얼굴을 살짝 가까이 대고,

"고마워."

그렇게 속삭였다.

"……."

아사카 입장에서 지금 건 단 둘이 있는 걸 방해하지 않도록 내가 신경 쓴 걸로 인식된 걸까.

"아니, 지금 건 딱히 그런 거 아니야."

"후후, 마히루도 연습 열심히 해. 선물 사 올게."

"아아, 응. 고마워……."

둘과 헤어지고 학교에 도착했다. 기분을 풀듯이 연습에 열중해서 몸을 움직였다. 쓸데없는 생각을 할 틈 같은 건 없을 정도로 뛰고, 공을 치고, 뛰어들고, 달리고…….

하지만 긴장을 풀면 어제 일이 머리 한구석에 덩그러니 떠오르고, 그게 계속 크게 부풀었다. 나도 좋아한다고 말했다면 적어도 지금 이 불안한 마음은 없었을 것이다.

정말 이대로 괜찮을까. 이대로 두 사람의 사이가 진전되어 가는 걸 그저 응원하는 조력자 친구 캐릭터 같은 입장이 되어도 괜찮은 거야?

지금쯤 둘은 분명 동물원에서 즐겁게 지내고 있을 것이다. 아사카니까 손을 잡거나 몸을 기대는 것 정도는 하고 있을 것이다.

장소가 장소인 만큼 대담한 짓은 그다지 못 하겠지. 아니 그래도 아사카라면…….

"어이, 류샤쿠, 멍하니 있지 말라고."

감독의 질타가 날아왔다.

"아, 네. 죄송함다~."

"마히~, 괜찮아?"

휴식 중에 카오리가 걱정스럽게 물었다.

"괜찮다니깐. 어제의 피로가 조금 남아있을 뿐이야."

난 주장이다. 내 개인적인 사정 때문에 모두의 사기를 떨어뜨려서는 안 된다.

"좋아, 목소리 크게 내자~."

"네~."

"네~."

"네~."

하지만 그날은 전혀 집중하지 못했다.

2

'곧 목적지 주변입니다.'

내비게이션의 무기질적인 목소리가 흘러나왔다.

"이제 곧 도착하네."

후지노미야에서 출발해 한 시간 미만, 우리는 드디어 니혼다이라 동물원에 도착했다. 아사카가 갑자기 동물원에 가고 싶다고 해서 온 것이다.

시즈오카현 주민에게 동물원이라고 하면 역시 니혼다이라 동물원 외에는 없을 것이다. 나도 어렸을 적에 자주 가족과 함께 놀러 왔다. 마지막으로 온 게 초등학교 6학년 때였을까. 벌써 16, 7년 이상 전이다.

"아, 유우 오빠, 거기로는 못 들어가요."

"어? 어라, 진짜네."

주차장에 우회전 입장이 안 되게 되어 있었다.

"빙 돌아서 오지 않으면 못 들어가요."

"그런 것 같네."

옛날이랑 뭔가 다르다. 뭐, 세월이 지나면 시스템도 변하겠지. 크게 돌아서 주차장으로. 아직 9시 반인데 일요일인 만큼 꽤 붐볐다. 가족 동반객과 젊은 커플, 나이 든 노부부에 혼자 온 중년 남성 등, 손님층은 다양하다.

"날씨 좋네요."

차에서 내리자 아사카는 기지개를 쭉 폈다.

"안 추워?"

오늘 아사카는 노출이 많다. 어깨도 드러나 있는 블라우스에

스커트도 짧은 편이다. 아사카의 하얀 피부가 드러나 눈 둘 곳이 곤란했다.

"전혀…… 아, 좀 추울지도."

아사카는 그렇게 말하고 내 가슴에 몸을 기대왔다.

"야, 야."

"에헤헤."

팔꿈치에 부드러운 것이 밀착돼서, 그날 밤의 흥분이 되살아날 것 같아 앞을 걷는 아저씨를 응시했다.

"아사카, 걷기 힘들어."

"네에."

아사카는 몸을 떨어뜨리는 대신 손을 잡았다. 뭐, 이 정도라면 괜찮은가.

"……뭐야, 여긴."

눈앞에 펼쳐진 광경에 난 어리둥절하기만 했다.

내 기억 속 앨범에 보존되어 있는 광경과 눈앞의 광경이 일치하지 않았다.

레서판다가 그려져 있던 입구 게이트는 멋진 현대풍으로 네모나게 바뀌어 있었다. 정면에는 '니혼다이라 동물원'이라 적힌 반들반들하고 검은 간판도 있었다. 뭔가 동물원이라기보다는 미술관 같은 외관이잖아.

"유우 오빠, 왜 그래요?"

"아니, 뭔가 전에 왔을 때랑 달라서……."

"아~, 전이라면 언제쯤이에요?"

"2006년쯤."

"……그건 전이 아니라 오래전이네요. 아마 유우 오빠가 도쿄에 가고 얼마 안 됐을 쯤에 리뉴얼 한 것 같아요."

"그래?!"

전혀 몰랐다. 일단 입장료를 내고 입구 게이트를 통과한 뒤, 나는 더욱 놀라게 되었다.

"프, 플라밍고가 없어."

분명 들어오자마자 보이는 곳에 플라밍고가 사육되고 있는 구역이 있었을 것이다. 그게 지금은 다른 건물로 바뀌어 있었다.

"저긴 레서판다관이에요."

"레서, 판다, 관?"

"이 동물원의 주역이니까요. 가장 기대되는 건 나중에 보기로 할까요. 가요, 유우 오빠."

그리고 우린 왼쪽 루트로 향했다. 얼마 지나지 않아 유인원이 사육되고 있는 우리가 왼편에 나타났다.

"침팬지 귀엽네요."

"귀엽…… 나?"

듣기로는 어른 침팬지는 흉포해지는 경우가 있다고 한다.

"오, 인간 우리."

이건 옛날에도 있었지. 추억의 광경과 만난 난 안도의 숨을 쉬었다.

유인원 구역에 섞여 설치된 무인 우리. 안에 들어갈 수 있게 되어 있고, 다른 동물들과 마찬가지로 '사람'이라는 플레이트가 우리 앞에 달려있다.
손님들이 '사람'으로서 동물원에 있는 동물의 기분을 맛볼 수 있는 얄궂고 재치 있는 전시다.
"유우 오빠, 잠깐 들어가 보세요."
"좋아."
우리 너머로 보는 아사카는 뭔가 아주 고양된 표정을 짓고 있었다.
"사진 찍을 거니까 뭔가 포즈 취해주세요."
"그래…… 좋았어."
난 우리를 잡고 손을 뻗었다.
"꺼내줘~, 막 이러고."
"우후후."
찰칵 하는 셔터 소리가 울렸다. 사진을 확인해보니 마치 내가 감옥 속에 감금당한 것 같은 구도로 되어 있었다.
우린 다시 걷기 시작했다.
"그보다 아까부터 신경 쓰였는데, 사자…… 가 없어?"
유인원 구역을 빠져나간 모퉁이에는 분명 사자 구역이 있었을 것이다. 그게 지금은 하얗게 칠해진 건물로 바뀌어 있었다.
"맹수…… 관, 299?"
"맹수는 전부 이 건물 안에 전시되어 있대요."
"흐음, 들어가 볼까."
안에는 북극곰과 점박이물범, 사자에 아무르호랑이 등이 전시되어 있었다.

놀랄만한 건 그 구조였는데, 복층 구조에 유리로 벽을 만들어서 한 동물을 다른 층에서도 구경할 수 있었다. 이로 인해 다양한 각도에서 동물들을 관찰할 수 있다.

그건 그렇고 사자 바로 옆에 미어캣을 전시하다니…….

"앗, 재규어에요."

"우왓, 점프해서 왔어."

재규어 전시장은 울타리로 둘러싸인 통로가 전시장 안쪽으로 뻗어있어서 더욱 가까이에서 볼 수 있다. 게다가 울타리 위에 재규어가 올라타는 경우도 있어서 여차하면 아래에서 올려다보는 것도 가능하다.

"박력이 엄청나네."

"무, 무서워요."

검은 재규어는 그대로 철망 위에 웅크리고 그르르르 하고 으르렁거리는 소리를 냈다. 아사카는 무서워졌는지 내 팔에 달라붙었다.

"슬슬 갈까.

"네."

"……."

"……."

"……."

"……."

"이제 놓아주지 않을래?"

"싫어요."

맹수관에서 빠져나와 루트로 돌아갔다. 새로운 시설이나 전시 등이 있는 한편, 전체 루트 자체는 옛날과 거의 변함없었다. 그래도 눈에 비치는 광경은 신선 그 자체라서 그리움을 맛보려고 했던 난 어딘지 쓸쓸함도 느끼고 있었다.

"엄청나게 큰 새장이 저기에 있었을 텐데."

다양한 새가 방사되고 있고, 그 안을 걸을 수 있는 거대한 새장 같은 시설도 철거되어 있었다.

"플라잉 메가 돔 말인가요? 그건 더 가야 있어요."

"플라잉, 메가 돔?"

낯선 단어에 내 뇌는 당황했다.

"커다란 돔이에요. 플라밍고도 거기에 있어요. 봐요, 저기."

아사카는 멀리 있는 거대한 철망을 가리켰다. 아까부터 살짝 살짝 눈에 들어왔는데, 저게 그거였나.

그 이후로도 보는 것 대부분이 새로운 것이라 내 옛 추억의 모습은 거의 남아있지 않았다. 굳이 말하자면, 바뀌지 않은 것처럼 느껴지는 곳은 코끼리 구역 정도일까.

"어라? 기린이 없어."

예전에 기린이 전시되어 있었을 터인 구역은 횅하니 동물의 기척이 없었다.

"기린은 마지막 한 마리가 작년에 죽었어요."

"그렇구나……."

어릴 적에 울타리 너머로 기린이 혀로 핥은 것을 떠올렸다.

"뭔가, 옛날이랑 달라져 버렸네."

그리고 무엇보다 날 놀라게 한 것은 휴게소에서 식사를 마친 후의 일이었다.

“어, 어라?”

휴게소 옆은 아담한 놀이공원이었을 것이다.

레이싱 카트와 동전으로 움직이는 미니 놀이기구, 회전목마에 장수풍뎅이 코스터에 기차 탈 것, 로켓을 모티브로 한 회전 그네…….

동물원에 와서 놀이공원에 가는 것도 뭔가 이상한 느낌이 들지만, 어릴 적에는 오히려 이 놀이공원 구역을 가장 기대했다. 특히 레이싱 카트는 어린 내게 있어서 차를 운전하는 기분을 맛볼 수 있는 가장 좋아하는 놀이기구였다.

그런 추억의 놀이공원이 〈동물농장〉이라는 목장 같은 구역으로 바뀌어 있었다.

“여기선 동물을 만질 수 있는 것 같네요…… 유우 오빠?”

가슴 속에 구멍이 뻥 뚫린 듯한 상실감이 날 지배했다.

아아, 이건가.

아사카가 두려워했던 추억을 잃어버리는 공포. 추억이 덧칠되어 가는 상실감. 난 그걸 겨우 확실하게 이해한 것 같다.

난 더 이상 그 추억 속의 놀이공원에 갈 수 없는 것이다.

추억으로 돌아볼 수밖에 없는 것이다. 그게 얼마나 괴로운 일인지 겨우 이해했다.

“유우 오빠? 몸이라도 안 좋아요?”

정신을 차리니 아사카가 걱정스러운 얼굴로 바싹 다가와 있었다.
“아니, 괜찮아. 아무것도 아니야.”
“그런가요.”
우리 옆으로 아이들이 떠들면서 달려갔다. 저 아이들에겐 지금 이 장소가 추억의 경치가 될 것이다.
영원히 똑같은 건 없다.
변화가 있기에 성장도 있으니까.
“……좋아, 갈까. 오, 토끼를 안을 수 있는 것 같네.”
“네.”

*

마지막으로 들어간 곳은 레서판다관.
잘은 모르겠는데 이곳 니혼다이라 동물원은 레서판다의 성지로 유명하다고 한다. 예전에 일본을 떠들썩하게 한 뒷다리로 서는 레서판다 ‘후우타’도 사실 니혼다이라 동물원에서 태어났다고 한다.
배치상으로도 원래는 가장 먼저 들어가야 하는 건물일 것이다. 아마 마지막으로 이곳을 방문하는 손님은 우리밖에 없을지도 모른다.
명칭이 레서판다관이긴 하지만, 레서판다뿐만 아니라 동물의 골격 표본과 박제 등도 전시되어 있었다. 벽에는 니혼다이라 동물원의 연표 같은 것도 기록되어 있어서 뭔가 박물관 같은 분위기가 느껴졌다.

널찍한 홀 중앙에 전시되어 있는 거대한 코끼리 골격 표본은 예전에 이 동물원에서 살았던 '샨티'라는 암컷 코끼리의 뼈라고 한다. 나는 생각해 냈다. 코끼리는 분명 두 마리 있었다. 추억의 정경 속에 있었던 두 마리의 코끼리. 그중 한 마리는 이미 죽은 건가.

추억이라는 형태로 재회하게 되다니…….

"유우 오빠?"

"응?"

"아아, 레서판다를 보는 거였지?"

"저쪽이에요."

홀 안쪽에 레서판다가 사육되고 있는 구역이 있었다.

"하아, 귀엽네요."

"그렇네."

이런 말을 하면 실례일지도 모르지만, 야생에서 사는 모습이 상상이 안 될 정도로 귀여웠다. 복슬복슬한 갈색 털에 동글동글한 눈. 덜렁대는 것도 그렇고, 왠지 미야를 닮았다는 느낌이 들었다.

"아, 넘어졌어요."

아장아장 걷는 모습도 사랑스럽다.

"그렇지, 유우 오빠."

"엉?"

"아기 이름은 어떻게 할까요?"

"……뭐, 뭐어?"
내가 잘못 들었나?
아이 이름?
이 녀석, 갑자기 무슨 소릴 하는 거야.
"모처럼이니까 우리 이름을 따서 유우카는 어때요?"
"너, 무, 무슨 소릴 하는 거야?"
아직 결혼, 아니, 사귀지도 않고 있는데 아이 이름이라니 비약이 너무 심하다고.
아, 서, 설마, 쇼난의 밤에 생겨버렸다는 말인가?
아니 아니, 그건 있을 수 없는 일이다. 그야 그 일은 미수로 끝났고 애초에 들어가지 않았을 것이다.
아니, 잠깐만.
내가 그렇게 믿고 있을 뿐이고, 사실은 해버린 건가??
난 더 이상, 동정이 아니야……?
"아아아아아아."
아니 그런 것보다 현역 여고생을 임신시켰다는 게 세상에 알려지면…….
"아, 아사카, 책임은 질게."
난 아사카의 어깨를 잡았다.
"어, 무슨 얘기죠?"
아사카는 어리둥절한 얼굴로 날 올려다보고 고개를 갸웃거렸다.
"어?"
"유우 오빠. 아기 이름에 대해 이야기하고 있는데요?"

"아니 그러니까."

"저거예요."

그렇게 말하고 아사카는 실내 한구석을 가리켰다.

거긴 '아기 레서판다 이름 모집'이라 표기된 코너였다. 새끼 암컷의 이름을 일반 공모하고 있는 모양이다.

"아……."

"후후, 무슨 상상을 하고 있었던 거예요?"

아사카는 히죽거리면서 날 바라봤다.

"아, 아무것도 아니야. 하하하, 레서판다의 이름인가. '렛츠'가 좋을지도. 아하, 아하하하하."

"……유우 오빠?"

"좋아, 모처럼 왔으니까 한 바퀴 더 돌고 올까."

그리고 우린 니혼다이라 동물원을 구석구석 즐겼다.

*

흐음, 혹시라도 생기면 책임은 확실히 져 준다는 거네요.

이건 수확이다.

우후후후후.

3

이미 저녁이지만 아직 하늘은 파랗다. 체감 기온은 아직 높고, 여름에서 가을로 바뀌려면 시간이 좀 더 걸릴 것 같다.
"안녕하세요~."
오늘도 학교를 마치고 집에 가는 길에 〈문 나이트 테라스〉에 들렀다.
"어머, 미야, 어서 와."
아줌마는 테라스석을 청소하고 있었다. 가게 안에 들어가니 유우 오빠가 왔다.
"오오, 미야 왔구나."
"유우 오빠, 방에 가도 돼?"
"그래~."
요즘은 〈문 나이트 테라스〉에 들러도 대체로 유우 오빠의 방에서 시간을 보내는 일이 많아졌다. 그도 그럴 게 가게에 있으면 나도 모르게 아줌마랑 이야기하거나 유우 오빠와 서로 농담을 주고받는 등 좀처럼 공부에 집중할 수 없기 때문이다.
그런 점에서 유우 오빠의 방은 기본적으로 혼자 있어서 조용하고, 조금 힘들면 누울 수 있는 침대도 있으며 질리면 게임도 할 수 있어서 아주 쾌적하다.
"아, 카페오레, 아이스로."
"그래."
주문만 하고 난 계단을 뛰어 올라갔다.
"훗."
방에 들어가자마자 침대에 다이브했다. 몸이 가라앉는 느낌이 기분 좋았다. 유우 오빠의 자극적인 향기가 지친 몸에 스며들어

퍼진다.
오늘은 체육 시간에 배구를 해서 온몸에 피로가 쌓여있었다. 뛰고 달리고 구르고, 마히루는 용케도 매일 그렇게 격렬하게 움직이는구나. 공을 치면 손목은 아프고, 바닥은 딱딱해서 구르면 아프고, 배구는 비치발리볼로 충분해.
"흐암."
왠지 잠이 온다. 베개에 머리를 얹고 바로 누웠다. 잠시 침대 위에서 뒹굴거리고 있으니 유우 오빠가 왔다.
"카페오레 가져왔어…… 아니, 너 공부하는 거 아니었어?"
"지금부터 할 거야."
"빨리 해."
유우 오빠는 잔을 테이블에 뒀다.
"아, 그렇지. 어제 사 온 선물 줄까."
방구석에 놓인 종이봉투를 부스럭거리는 유우 오빠. 그러고 보니 어제 아사카랑 같이 니혼다이라 동물원에 갔다 왔다고 했었지. 아사카가 '포획해버렸어☆'라는 메시지와 함께 유우 오빠가 우리에 들어가 있는 사진을 보내서 크게 웃었지.
"자, 쿠키."
귀여운 동물 그림이 프린트된 포장이다.
"고마워. 지금 열어봐도 돼?"
"돼."
카페오레랑 같이 먹기에 딱 좋다.
"그보다 좋겠다~ 좋겠어~. 나도 동물원에 가고 싶었는데~."

동물원은 벌써 몇 년이나 가지 않았다. 게다가 단둘이 가다니, 꼭 데이트 같잖아. 아사카가 부럽다.

"갑작스러웠으니까. 미야도 마히루도 예정이 있었잖아?"

"응."

가까운 곳이라면 몰라도 시즈오카시까지 가는데 갑자기 갈 수 있을 리가 없다. 설마 아사카, 그걸 예상하고 갑자기 가고 싶다고 말한 건 아니겠지.

"아무튼 다음에 너희도 데려가 줄게."

왠지 요즘은 수험공부만 하고 전혀 놀러 못 가고 있는 것 같은 느낌이 든다. 여름 방학 때는 공부를 해도 시간이 꽤 남아서 여러 곳에 놀러 갈 수 있었지만, 개학하니 한나절이 확정으로 사라진단 말이지…….

마히루는 매일 부활동을 늦게까지 하고, 아사카는 카나가와에 있어서 못 만나고, 주말 외에는 다 같이 못 놀다니…….

아아, 여름 방학은 좋았지. 수영장에 쇼난 여행에, 이벤트가 가득했어. 지금까지는 여름은 덥고 땀나서 정말 싫어하는 계절이었지만 지금은 그런 여름이 그립다.

"……하아."

"뭐야, 그렇게 동물원에 가고 싶었어?"

"그런 게 아니라, 요즘 왠지 다 같이 못 놀고 있구나~ 싶어서."

"그저께 마히루 생일 파티 했잖아."

유우 오빠는 어쩔 수 없다는 듯이 한숨을 쉬었다.

"그런 게 아니라~."

난 침대 위에서 발버둥 쳤다.
"공부만 해서 질렸어~! 멀리 안 나가도 좋으니까 어딘가 가고 싶어~!"
"어쩔 수 없구만, 그럼 나중에 어딘가 데려가 줄게."
"진짜? 와~."
"확실히 가끔은 쉬어주기도 해야지."
"그래 맞아."
나는 침대에서 내려와 테이블에 공부 도구를 늘어놓았다. 카페오레를 마셔서 카페인을 섭취했다.
"맛있다~."
의욕이 난다.
"더 필요하면 네가 내려와."
"네~."
그 후 공부를 열심히 했고, 현재 시각은 오후 7시를 넘겼다. 공부를 끝낸 난 유우 오빠와 함께 저녁을 먹기로 했다. 차의 조수석에 탔다.
"어디가 좋아?"
"쿠키를 너무 많이 먹었으니까 깔끔한 게 좋으려나."
공부하는 틈틈이 음료와 과자를 집어 먹어서 사실 배는 그렇게 고프지 않다.
"그럼 소바라도 먹으러 갈까."
"찬성~."
소바 가게에서 난 자루소바, 유우 오빠는 텐푸라 소바를 각각 주문했다. 매끈매끈한 식감과 깔끔한 풍미 덕에 위에 부담이 없었다.

"맛있네."

"그렇네."

"아, 그렇지. 그거 응모했어."

유우 오빠와 같이 쓴 미스터리 이야기인데, 어제 겨우 퇴고 작업이 끝났고 오탈자 확인도 끝났다. 오늘 〈문 나이트 테라스〉에 가기 전에 우체국에 들러서 내고 왔다.

"어떻게 될까, 왠지 벌써부터 긴장돼."

유우 오빠는 물을 한 모금 마시고 불안해하기 시작했다.

"그렇네. 뭐, 다들 칭찬했으니까 괜찮지…… 않을까."

평소에는 신랄한 세이나를 비롯한 미스연 사람들도 입을 모아 재미있다고 극찬했다.

"미야, 너무 안절부절못하잖아."

"유우 오빠도 그렇잖아."

공모에 자작을 보내는 건 처음이다.

"그건 그렇고, 또 그거 안 할래?"

"그거라니?"

"미스터리 합작."

유우 오빠는 소바를 먹던 손을 멈췄다.

"또 하자."

"그렇네. 이번엔 어떤 게 좋을까."

"역시 저택물은 빼놓을 수 없어. 낡았다는 말을 들어도 말이야."

"그렇지."

"유우 오빠, 또 뭔가 좋은 트릭 생각해줘."

"내가 트릭을 생각하고 미야가 집필한다. 뭔가 퀸 앨러리 퀸. 추리 소설가 프레데릭 대니와 맨프레드 리의 공동 필명.

같네."

"그러고 보니 그렇네. 유우 오빠는 퀸의 작품 중에서 어떤 게 제일 좋아?"

"그렇네, 역시 진부하지만 'Y의 비극'이려나."

"아~."

"미야는?"

"나? 난――."

그리고 우리는 미스터리 토크를 하면서 저녁 식사를 즐겼다.

*

"좋아, 그럼 슬슬 나갈까."

"잘 먹었습니다."

식사를 마치고 우린 밤 드라이브를 즐겼다.

이미 늦은 시간이라 그다지 멀리는 못 가지만, 미야도 공부만 해서 지쳤을 테니 기분 전환을 시켜줘야겠다. 차를 후지산 쪽으로 몰았다.

"어디 가는 거야?"

"잠깐 가볍게 후지산까지."

"후지산 오르는 거야?"

"그럴 리가 없잖아."

우회로에서 등산로로 진입해 언덕을 똑바로 나아갔다. 도중에 자판기에서 마실 것을 사고 더 위로 갔다. 시가지에서 멀어져감에 따라서 민가와 외등이 적어져 어둠이 점점 더 깊어져 갔다.

"뭔가 엄청 어두워지기 시작했는데."

미야는 불안한 듯이 몸을 움츠렸다.

"괜찮아, 내가 있으니까."

후지산 스카이라인에 들어가니 이제 의지할 것은 차의 헤드라이트밖에 없다. 낮에는 선명하게 우거진 나무들도 밤의 어둠 속에서는 마치 새까만 괴물 같았다.

구불구불한 산길을 나아가니, 이윽고 왼편에 나무들이 벌채된 경사면이 나타났다. 이곳은 시야를 가리는 숲이 개간되어 있어서 후지노미야 거리를 한눈에 볼 수 있는 추천 포인트다.

이전에 여름 방학 때 아사카와 여기에 와서 점심을 먹은 적이 있다. 그때는 낮이었지만, 지금은 벌써 오후 8시를 넘기려 하고 있다.

갓길에 차를 대고 우린 밖으로 나왔다. 당연히 전망도 야경으로 바뀌어서 어둠 속에 무수한 빛이 흩어져 있었다.

"와아, 예쁘다."

"그렇네."

저 빛 하나하나에 사람의 일상이 있다고 생각하니 왠지 감회가 깊다. 하늘은 약간 흐려서 야경이 한층 더 돋보였다.

기분 좋은 밤바람이 불어 나무들을 흔들었다.
“유우 오빠.”
미야는 살짝 몸을 가까이 댔다.
“기분 전환 됐어?”
“응, 고마워.”
그 후 미야는 뭔가 말하고 싶은 듯이 날 올려다봤지만, 눈을 마주치자 고개를 획 숙였다.
어두워서 표정도 읽을 수 없었다.
“왜?”
“아니…… 아, 여기엔 자주 와?”
“뭐 그렇지. 일이 끝났을 때 가끔 드라이브해. 여긴 전에 아사카도 데려왔었지.”
“흐음.”
“뭐, 아사카랑 왔을 때는 낮이었지만.”
“!”
미야는 야경으로 시선을 돌리고,
“그 말은 이 야경을 보는 건 내가 처음이야?”
“음~, 그렇게 되네.”
“그런가, 에헤헤.”
미야는 기쁜 듯이 웃었다. 누가 먼저인가로 경쟁하다니, 여전히 아이 같은 녀석이다. 그리고 우린 한동안 야경을 감상했다.
“슬슬 갈까.”
“응.”

우리는 남은 캔커피를 단숨에 다 마시고 차로 돌아갔다.

건방진 꼬맹이 멘탈리즘

1

12월 10일, 월요일. 집으로 돌아가니 건방진 꼬맹이들이 언제나처럼 내 방을 점거하고 있었다.

"오오, 너희들 있었냐."

"어서 와~."

"어서 와~."

"어서 오세요."

셋은 테이블에 둘러앉아 숙제를 하고 있었다.

"자."

난 오는 길에 들른 편의점에서 산 과자를 테이블 위에 뒀다.

"먹어도 돼?"

미야가 들떠서 말했다.

"돼."

"와~."

"와~."

"와~."

꼬맹이들은 숙제는 내팽개치고 과자를 먹기 시작했다.

"유우 오빠, 오늘은 일찍 왔네. 아직 3시야."

마히루가 감자칩을 먹으면서 말했다.
"요즘 일찍 들어오지."
아사카도 젤리를 먹으면서 동조했다.
"응, 뭐, 난 취직반이니까."
"?"
"?"
"?"
12월에 접어들어 2학기도 끝나가는 이 시기, 진학반은 방과 후 보강이나 수험 대책 특별 교실 등이 있지만, 우리 취직반은 그런 게 없기 때문에 귀가하는 시간이 빨라지는 것이다. 다만 나 같은 경우에는 집에 빨리 오면 그만큼 꼬맹이들을 돌봐야 하기 때문에 오히려 힘들어진 것 같다.
졸업까지 앞으로 세 달이 채 안 남았다.
이 녀석들과 지내는 것도 앞으로 세 달 정도다.
생각해보면 이 녀석들과 만난 지 벌써 네 달 이상이 지난 건가. 긴 듯하면서 짧은 기간이다. 벌써 중반을 넘겼다…….
"그렇지, 있잖아 있잖아, 유우 오빠, 다리라고 10번 말해봐."
미야는 히죽거리면서 말했다.
"뭐야, 뜬금없이."
"됐으니까 말해."
"다리다리다리다리다리다리다리다리다리다리."
"이건?"
미야는 자기 머리를 가리키면서 기대에 찬 눈빛을 보냈다. 마히루와 아사카도 들뜬 걸 억누르지 못하는 시선을 나에게 보냈다. 어떤 속임수인지 알고 있지만 난 어른이니 일부러 속아주기로 했다.

"……다리."

"땡~, 여긴 머리였습니다~."

귀신의 머리라도 벤 것처럼 기고만장해져서 미야는 이때다 싶어 떠들기 시작했다.

"야~ 야~, 걸렸다 걸렸어. 여긴 머리거든."

"역시 유우 오빠도 걸리나."

"저도 걸렸어요."

"그럼 다음은 샴푸라고 10번 말해봐."

미야는 장난스러운 웃음을 지었다.

"샴푸샴푸샴푸샴푸샴푸샴푸샴푸샴푸샴푸샴푸."

"몸을 씻을 때 쓰는 건?"

"샴…… 아니, 린스다."

"땡~, 바디워시였습니다~."

"앗!"

"또 걸렸다~."

젠장, 지금 건 진짜 걸려버렸다.

"유우 오빠 멋없어."

"시끄러, 어디서 이런 걸 배워온 거야."

"이 책에 있었어~."

미야는 핑크색 가방 안에서 책 한 권을 꺼냈다. 사악한 얼굴을 한 마술사 그림이 그려진 '어린이도 이해할 수 있는 심리 게임'이라는 아주 수상해 보이는 책이다.

"심리 게임이라고?"

"도서실에서 빌렸어. 이거 재밌어."

"미야, 유우 오빠도 있으니까 그거 하자."

마히루가 들뜬 목소리로 말했다.

"그렇네."

"그게 뭐야."

'심리 테스트예요'라고 말하는 아사카.

"심리 테스트?"

"잠깐만~"

미야는 페이지를 넘기기 시작했다. 심리 게임이라 할 정도니까 심리 테스트도 게재되어 있겠지.

심리 테스트.

그것은 간단한 질문에 대답하기만 해도 자신의 심층심리를 통째로 폭로당하고 마는 공포의 테스트…… 라는 건 표면적으로나 그렇고, 전문적인 건 차치하더라도 이런 어린이를 대상으로 한 것은 누구에게나 들어맞는 내용을 아주 그럴듯하게 갖다 붙이기만 하는 빈약한 놀이다.

난 그런 영적인 것이나 오컬트틱한 것은 믿지 않는다. 오락으로서 즐기기에는 좋지만, 그걸 진지하게 받아들이는 사람은 없을 것이다.

뭐, 꼬맹이들한테는 신선한 오락일 테니 지금은 어울려줄까.

"좋아, 그럼 한다."

미야는 빠릿빠릿한 표정을 지었다.

"첫 번째 문제, 당신은 좁은 방에 있습니다. 거기엔 아무것도 없지만, 당신은 거기서 누군가를 계속 기다리고 있었습니다. 그럼 당신은 얼마나 거기에 있었나요? A, 15분, B, 1시간, C, 10시간."

"뭘 기다리고 있었던 거야?"

내가 물어보자 미야는 '몰라'라고 말하고 고개를 저었다. 나 참, 첫 번째부터 이해할 수 없는 문제다. 이런 걸로 인간의 심리 같은 걸 알 수 있을 리가 없을 텐데.

"자, 대답해."

'A'라는 아사카.

'C'라는 마히루."

"나도 C려나."

"음~, 이건 당신의 참을성을 나타냅니다. A를 고른 사람은 싫은 것을 참지 않는 사람입니다."

"에~, 말도 안 돼."

아사카는 의외라는 표정을 지었다.

"B를 고른 사람은 참을성이 평범할 것입니다. C를 고른 사람은 싫은 일이나 힘든 일을 계속 참을 수 있지만, 물러날 때를 잘못 판단하면 큰일이 날 것입니다…… 래."

"호오, 참을성이라."

확실히 난 참을성이 좋지만 이런 건 누구에게나 끼워 맞춰지는 문제다.

"나, 참을성 좋은데?"

아사카는 납득이 안 되는 모양이다.

"그럼 다음 문제. 음, 당신은 동물원에 있습니다. 지금 당신이 보고 있는 동물은 무엇입니까?"

동물원이라고 하면 니혼다이라 동물원이지.

"그럼 순서대로 말해."

'토끼'라는 마히루.

'사자'라는 아사카.

"난 다람쥐."

"그 동물은 당신의 연애관을 나타냅니다. 강한 동물이면 강할수록 맹렬하게 가는 사람이고, 약한 동물이면 약할수록 소극적인 사람입니다."

"그거 진짜로 어린이용이야?"

무슨 문제가 이렇냐.

그리고 현재로서는 전혀 안 맞다고. 확실히 나한테 여자 친구는 없지만, 그거랑 이건 다른 문제인 것 같다.

"그럼 다음 문제. 지금 여행자인 당신 앞에는 네 개의 길이 있습니다. 하나는 숲으로 이어지는 길. 하나는 동굴로 이어지는 길. 하나는 마을로 이어지는 길. 하나는 성으로 이어지는 길. 당신은 어떤 길을 선택할 것입니까?"

"난 마을이려나."

"난 숲."

"난 성."

나, 마히루, 아사카 순서로 대답이 나왔다.

"음~, 이 문제는 그 사람이 소중한 것을 어떻게 다루는지를 알 수 있습니다. 숲을 고른 사람은 숨기고 싶어 하는 사람입니다. 소중한 것은 누구에게도 보이지 않도록 숨겨두고 싶은 타입인 사람입니다."

"음~, 그런가? 난 자랑하고 싶은데."

마히루는 미간을 찌푸리고 팔짱을 꼈다.

"동굴을 고른 사람에겐 소중한 것이 없습니다. 마음이 차가운 사람입니다."

너무하네. 일단 어린이용일 텐데 그걸 고른 아이가 있으면 울 거라고.

"마을을 고른 사람은——."

"나인가."

"——소중한 것이 잔뜩 있어서 어떤 게 가장 소중한지 본인도 몰라서 곤란합니다."

"왜 자꾸 도발하는 거야, 그 책."

"그렇게 적혀있으니까 어쩔 수 없잖아. 마지막, 성을 고른 사람은 소중한 것이 상하지 않도록 쭉 소중히 간직해 둡니다. 하지만 성은 넓으니 소중한 것을 못 찾게 되는 경우도 있을 것 같습니다…… 래."

"확실히 아사카의 집은 넓으니까."

마히루는 응응 하고 고개를 끄덕였다.

"그런 게 아니잖아."
뭔가 불온한 답이 많다는 느낌이 드네.
진짜 어린이용인가?
가장 중요한 테스트 부분도 맞는 게 전혀 없다.
그 후 미야는 계속해서 문제를 냈지만 그 답은 고개를 갸웃거리게 하는 것뿐이었다.

2

"그럼 마지막 문제. 지금부터 1부터 5 중에서 좋아하는 숫자와 좋아하는 알파벳, 그리고 좋아하는 색을 떠올려주세요."
"갑자기 분위기가 바뀌었네."
"나, 알파벳은 전부 몰라."
일단 난 머릿속으로 숫자와 알파벳을 떠올렸다.
그래, 3, K, 검정, 이려나.
"왠지 이것만 답이 잔뜩 있어."
"그야 그렇겠지."
"우와~, 뭔가 촘촘한 표처럼 돼있어. 생각난 사람부터 말해."
미야는 재촉했지만 마히루도 아사카도 알파벳 부분에서 걸렸는지 어려워하는 표정을 짓고 있었다.
"유우 오빠는?"
"난 생각했어. 3, K, 검정이야."
"어~, 3, K, 검정은……."

미야는 답을 찾고 있는지 눈을 굴렸다.

그때——.

"얘들아~, 케이크 먹을래~?"

복도에서 어머니의 목소리가 들렸다.

"먹을래~."

"먹을래."

"먹을게요."

꼬맹이들은 눈빛이 변해서 재빠르게 일어나더니 방 바깥으로 뛰쳐나갔다.

"야, 답은…… 나 참."

뭐, 케이크랑 심리 테스트면 케이크가 이기는 게 당연한가. 나도 답을 확인하고 아래층으로 내려가기로 했다.

"뭐야, 이 문제의 답안 표만으로 책 절반 이상의 페이지를 쓰고 있잖아."

좀 지나서 내 답에 해당하는 부분을 찾았다.

"……."

이 답은 뭐냐. 나 참, 이런 건 이미 심리 테스트조차 아니잖아.

결국엔 애들을 속이는 책이군.

이거야 원.

*

숫자, 알파벳, 색을 떠올리는 것으로 당신의 장래에 관한 예언을 알 수 있습니다.

[3, K, 검정을 떠올린 사람]

당신은 장래에 인생을 크게 좌우하는 중대한 선택을 강요받게 될 것입니다. 그 선택은 당신뿐만 아니라 당신의 소중한 〈세 사람〉의 인생에도 영향을 끼칩니다. 당신들이 행복해질 수 있는가, 아니면 불행해지고 말 것인가는 전부 당신의 선택에 달려있습니다.

건방진 꼬맹이는 무적

1

오늘도 꼬맹이들을 상대해서 지쳤다. 나 참, 그 녀석들 영문을 알 수 없는 심리책 같은 걸 가져오고 말이야.

뜨거운 물에 느긋하게 몸을 담그고 피로를 풀었다.

"후우."

피로가 따뜻한 물에 녹아내리고 기분 좋은 부유감이 몸을 감쌌다. 역시 목욕은 최고야.

"다 했어."

목욕을 마치고 거실에 가니 아버지와 어머니가 코타츠를 사이에 두고 심각한 표정으로 앉아있었다.

"이제 슬슬 해야겠지."

"이제 슬슬, 해야지."

내가 온 것을 알아차리자 둘은 동시에 이쪽을 봤다. 뭐야 뭐야, 대체 무슨 이야기를 하고 있었던 거지?

"유우."

"응?"

어머니가 손짓해서 나도 코타츠에 들어갔다.

"뭐, 뭐야."

탁상에는 팸플릿이 놓여있었다. 표지에는 빨간 차를 탄 젊은 여자 사진이 큼직하게 실려있었고, 그 아래에 '렛츠 드라이브'라는 글자가 팝한 글자체로 적혀있었다.

어머니는 그 팸플릿에 시선을 떨구고,

"너, 슬슬 면허 따."

2

다음 날 저녁.

난 옆 동네인 후지시에 있는 자동차 면허 학원에 와있었다. 18살이 되어 자동차 면허를 딸 수 있게 된 고등학생들은 대체로 겨울 방학 전부터 자동차 면허를 따기 위해 면허 학원을 다니게 된다. 그렇다고 해도 수험을 앞둔 진학반이 다니기 시작하는 건 좀 더 뒤이며, 지금 다니는 사람은 우리 취직반이 대부분이다.

"헤에~."

광대한 부지에 복잡한 도로가 마치 미로처럼 만들어져 있었다. 건널목 같은 구역이 있기도 하고, 언덕길이 있기도 하고, 구불구불한 뱀의 몸처럼 꾸불꾸불한 커브가 있기도 하고…….

부지는 넓어 보이고 실제로도 넓었다. 하지만 교차점이 짧은 간격으로 곳곳에 있거나 직각 커브와 S자 커브가 늘어서 있는 등, 잘 관찰해보면 모든 공간을 군더더기 없이 유효하게 쓰기 위해 억지로 채워져 있는 것처럼 보였다.

이런 복작복작한 느낌은 좋아한다.

"자, 여기야."

어머니 뒤를 따라서 학원 건물에 들어갔다. 안은 예상했던 것보다 깔끔해서 뭔가 진학 학원에 온 것 같았다.

"아리츠키입니다."

접수처에 온 이유를 말하자 잠시 후에 통통한 아저씨에게 불려 다른 방으로 안내받았다. 거기서 설명을 듣고 등록 절차를 밟은 뒤, 2층에 있는 큰 방으로 안내를 받았다. 어째 입학식이 있는 모양이다.

평행으로 늘어선 회의용 책상에는 나와 같은 학생과 그 보호자들이 앉아있었고, 입학식이 시작되는 걸 조용히 기다리고 있었다.

난 그 안에서 아는 얼굴을 발견했다.

"오, 카게야마."

"앗, 아리츠키."

갈색 머리카락에 중성적인 얼굴, 전체적으로 부드럽고 얌전한 소년 카게야마 하루키다. 나와 같은 전 남자 농구부 멤버이며 청춘의 고락을 함께 한 사이다. 카게야마의 진로는 분명 진학이었을 텐데, 벌써 면허 학원에 다니는 건가.

"어머 안녕하세요."

"안녕하세요."

그 옆에는 카게야마의 어머니, 카게야마 유키미가 앉아있었고 어머니와 인사를 나눴다.

"아리츠키 군도 오랜만이네."

유키미 씨는 의젓한 목소리로 말했다.

"이야, 오랜만이네요."

긴 갈색 머리카락을 뒤로 묶고 낙낙한 스웨터와 청바지. 마치 풍선 두 개를 숨기고 있는 것으로 잘못 볼 정도로 거대한 흉부. 나와 똑같은 고등학교 3학년 아들이 있다고는 생각할 수 없는 동안 미녀다.

카게야마 녀석, 이런 미인 어머니가 있다니 부러운 녀석이다. 이 녀석이 마마보이가 되는 것도 납득된다. 그렇다, 그다지 큰 소리로는 말할 수 없지만 이 카게야마라는 남자는 마마보이다. 난 그 충격적인 장면을 목격해버린 적이 있지만 친구의 명예를 위해 가슴속에 묻어두고 무덤까지 가져가기로 했다.

우린 카게야마 모자의 옆자리에 앉았다.

"카게야마, 벌써 다니는 거냐."

"응, 너무 늦어지면 붐빈다고 하니까. 아리츠키, 어느 걸로 했어?"

“어느 거라니?”

“자동이랑 수동 말이야.”

“아아, 난 편한 게 좋으니까 자동으로 하려고 했는데 아빠가 수동으로 하라고 시끄러워서 수동으로 했어.”

“나도 일단 자동으로 했는데, 어차피 수동으로 따도 타는 건 자동이란 말이지.”

“그렇지.”

자세한 건 잘 모르고 확실하게는 모르지만 차에는 자동과 수동이라는 두 종류가 있다고 하며 운전하는 법이 조금 달라진다고 한다. 수동이 약간 어렵다는 이야기를 자주 들었다.

아버지가 차를 좋아해서 과거에 몇 번인가 설명을 들은 적이 있지만, 기억은 잘 안 난다. 자신이 조작하는 부분이 한 군데 늘어나는 정도로 인식하고 있다.

뭐, 쉽겠지.

그때 삐롱, 하고 카게야마의 스마트폰이 울렸다. 아무래도 라인이 온 것 같다.

“음, 코하루한테서 왔네.”

지금부터 입학식이라 카게야마는 스마트폰을 매너 모드로 바꿨다.

“그러고 보니 너, 요즘 하나야마 코하루랑은 어때.”

“코하루? 보통이야.”

카게야마는 학교의 아이돌 같은 존재인 하나야마 코하루의 남자 친구다. 듣기로는 하나야마 코하루가 카게야마에게 홀딱 반해서 맹렬하게 대시한 끝에 사귀게 되었다고 하니 부러울 따름이다.

"항상 딱 붙어있어서 진짜 피곤해."

입으로는 그렇게 말하고 있지만 카게야마는 기쁜 듯했다. 그야 그렇겠지. 그런 아이돌보다 더 귀여운 미소녀가 딱 붙어있는데 좋아하지 않을 남자는 없다.

그건 그렇고 엔도도 카게야마도 여자 친구가 생겼나. 잿빛 청춘을 보낸 3인조 중에서 나만 남겨질 줄이야…….

"맞다, 코하루한테 들었는데 노래방에서 코하루랑 만났다며?"

"응? 어어."

만났다고 할 정도의 일도 아니다. 꼬맹이들이 화장실에서 돌아오는 길에 미아가 된 걸 여자 테니스부 녀석들이 데려와 줬을 뿐이고, 하루야마 코하루와 직접 대화를 나눈 것도 아니다.

서로 아는 사람의 아는 사람이라는 거리감이니 그게 정상일 것이다.

"뭐야, 무슨 말 했어?"

"아니, 그런 건 아니지만."

카게야마는 뭔가 말하기 어려운 듯이 목소리를 낮췄다.

"아리츠키, 1학년 애한테 고백받았다는 거 진짜야?"

"아니, 너."

부모님이 있는 곳에서 무슨 이야기를 꺼내는 거냐!

난 카게야마의 입을 막았다. 다행히 어머니는 유키미 씨와 대화에 열중하느라 카게야마가 한 말은 못 들은 것 같았다.

"읍 읍."
"어떻게 알고 있는 거야."
"읍 으읍."
"뭐라고?"
"으으으으읍."
난 손을 떼줬다.
"코하루 친구래, 걔."
"어? 그래?"
"왜 거절했어?"
"그건……."
"여자 친구 없잖아?"
"윽."
순진한 얼굴로 마음을 후벼파는 말 하지 말라고.
"이유가 있다고. 다른 사람한테는 말 못하지만."
"흐음. 뭐, 말하고 싶지 않다면 나도 더 이상은 안 물어볼게."
"미안하다."
그 아이가 싫다던가, 그런 건 아니다. 사람에겐 그 사람의 가치관이라는 것이 있고, 물론 나에겐 내 가치관이 있다.
그저 그뿐인 이야기다.
"에~, 그럼 여러분, 다 모인 것 같으니."
면허 학원 사람이 교실에 들어왔다.
"시작하는 것 같네."
"그래."

그 후, 입학식을 끝내고 첫 번째 학과 교습을 듣고 그날은 귀가했다.

*

다음 날, 학원에서 돌아온 난 평소처럼 꼬맹이들을 상대했다.

"대○투 질렸어~, 다음엔 뭐 할래?"

마히루가 일동에게 물었다.

"그럼 이거 하자."

난 마○오 카트 패키지를 들었다. 밤에 하기로 돼있는 기능 교습을 위해 이걸로 이미지 트레이닝을 하는 것이다.

"유우 오빠, 왠지 안절부절못하고 있어요."

옆에 앉은 아사카가 날 올려다봤다. 불안한 게 전해져버린 모양이다.

"아아, 오늘 밤부터 운전 학원에 다녀."

'전학 가는 거야?'라고 묻는 미야.

"아니야. 자동차 면허를 따기 위한 학원이야."

"자동차…… 유우 오빠 대단해요."

"후후훗, 뭐 그렇지."

"유우 오빠, 마○카 엄청 못하는데 괜찮아?"

마히루가 히죽거리며 웃었다.

"바보야. 게임이랑 현실을 똑같이 취급하지 말라고. 뭐, 나한테 걸리면 껌이지."

*

덜컹!

"우옷."

차체 전체를 뒤흔드는 큰 충격이 왔나 싶더니 슝 하고 엔진 소리가 멎고 계기류의 램프가 일제히 켜져 비상사태를 알렸다.

시동이 꺼진 것이다.

"아아, 엔진 회전수가 좀 부족했네."

옆에 앉은 중년 남자 지도원이 말했다.

"죄, 죄송합니다."

"액셀을 좀 더 세게 밟고, 뭐라고 해야 할까, 오른발로 힘을 모으고 왼발로 그걸 조금씩 풀어주는 느낌으로——."

덜컹!

"하아."

"죄, 죄송합니다."

입학 다음 날 오후 7시가 넘은 시간. 바로 첫 번째 기능 교습이 시작됐는데 설마 차 운전이 이렇게 어려울 줄은 몰랐다. 아버지나 탓쨩은 항상 간단하게 수동 차를 운전했는데…….

액셀을 밟으면 앞으로 가고, 브레이크를 밟으면 멈춘다. 그걸로 충분하잖아. 클러치라는 알 수 없는 페달이 조종 난이도를 확 높이고 있다. 마○오 카트에도 클러치 같은 건 없었다고.

덕분에 출발하는 것도 고생이다. 그 후로 몇 번이나 시동 꺼먹기를 반복하고서야 가까스로 시동이 꺼지지 않는 최소한의 감을 잡은 것 같다.

"오오."

교습차가 천천히 움직이기 시작했다.

"그럼 바깥 둘레를 살짝 달려볼까."

"아, 네."

핸들에서 손바닥으로 전해지는 진동, 우렁찬 엔진 소리. 난 지금 차를 운전하고 있다는 걸 실감했다. 차는 언제나 어른이 운전하는 것이었다. 조수석 또는 뒷좌석에서 그 모습을 보고는 동경했던 소년 시절.

아아, 난 지금 차를 운전하고 있다. 내 마음대로 차가 움직이고 있다.

"아리츠키 군, 슬슬 기어를 2단으로 넣어볼까."

"아, 네."

"클러치를 밟고, 액셀을 떼고, 기어를 2단으로 넣고, 클러치를 뗀다."

말하는 대로 해보니 차체가 전방으로 튀어나가는 듯한 충격이 덮쳤다. 다행히 시동은 꺼지지 않은 것 같은데, 지금 건 대체 뭐지?

"크, 클러치는 좀 더 천천히 떼는 편이 좋을 것 같은데."

"네."

그 후 한동안 바깥 둘레를 느긋하게 달렸다.

"그럼 다음 직선에서 40킬로미터까지 가속해볼까."

"네?!"

현재 시속 30킬로미터라는 초스피드로 달려왔다. 그마저도 조금 무서웠는데 한 번에 40킬로미터까지 올리라니, 이야기는 들었지만 면허 학원이라는 곳은 스파르타식이군. 뭐, 뭐어, 직선은 거리가 꽤 되니 괜찮, 나?

커브를 빠져나와서 난 액셀을 밟았다. 계기판의 바늘이 쭉쭉 위를 향했고, 그에 따라 엔진 소리가 격렬해졌다.

"좋아 좋아~."

지금까지 체험해본 적 없는 속도에 도달했다는 걸 알 수 있었다. 몸이 시트에 밀린다. 가속의 세계에 내가 있는 것이다. 이게, 클리어 마인드의 경지……?

겨우 몇 초도 지나지 않아서 직선의 절반을 넘겼고, 정신을 차리고 보니 벌써 다음 커브가 코앞까지 와있었다.

"우오오오."

난 참지 못하고 브레이크를 밟았다.

"브레이크는 좀 더 살살~."

교관은 느긋하게 말했지만 난 이미 한계였다.

3

다음 날, 마히루가 놀러 왔다. 미야와 아사카는 볼일이 있는 모양이라 오늘은 마히루 혼자다. 같이 게임을 하면서 잡담했다.

"유우 오빠, 운전 학원은 어땠어?"

마히루는 콜라를 단숨에 마시고 물었다.

"아니, 그게 말이야."

그렇게 난 어제 체험한 40킬로의 공포를 들려줬다. 마히루는 바보 취급 하듯이 웃음을 지었다.

"크크크, 유우 오빠, 쫄았어?"

"뭐야."

"40킬로라니, 엄청 느리잖아."

그렇게 말하고 깔깔 웃었다.

"끄으응."

나도 이전까지는 그렇게 생각하고 있었지. 하지만 직접 운전하게 되니 그런 인식은 순식간에 사라져 버렸다. 자신의 조작으로 1톤 가까이 되는 쇳덩어리가 고속으로 움직인다는 사실의 대단함과 무서움을 안 것이다.

"뭐, 유우 오빠는 겁쟁이니까. 전에도 워터 슬라이드에서 엄청 쫄았잖아."

"뭐? 안 쫄았거든…… 그보다 마히루도 내가 고양이 주워왔을 때 겁먹고 꼬리 쪽만 만졌잖아."

"아니거든. 그건 꼬리 쪽이 더 느낌이 좋을 거라 생각해서 그런 거거든. 난 무서운 게 없다고."

마히루는 팔짱을 끼고 가슴을 약간 펴며 단언했다.

"그렇게 말한다 이거지."

좋다. 그럼 혼쭐을 내주지.

난 아버지의 서재로 가서 영화 DVD가 보관된 선반에서 공포 영화를 빼냈다. 그리고 방으로 돌아갔다.
“그, 그건 뭐야.”
마히루는 몸을 굳혔다.
“후후훗. 무서운 게 없잖아? 누가 먼저 항복하는지 승부를 내보자고.”

*

“…….”
“…….”
나와 마히루는 침대 가장자리에 나란히 앉아있었다. 커튼을 치고 불도 껐기 때문에 방은 어두컴컴하다.
공포 영화를 보기 시작한 지 1시간 가까이 지나려고 했다. 이야기는 아직 중반이지만 이미 우리의 정신 상태는 한계다. 무섭다.
저주받은 저택에 갇힌 주인공들이 봉인당한 괴물로부터 도망치면서 저택의 비밀을 풀고 탈출을 시도한다는 미스터리 요소를 포함한 공포 영화다.
오싹한 BGM과 잘 만들어진 으스스한 저택 세트, 그리고 무엇보다 전조 없이 갑자기 괴물이 덮쳐오는 긴장감이 보는 사람에게 잠깐의 안정도 주지 않았다.
마히루 녀석, 빨리 항복해라.
곁눈질로 그녀의 모습을 살펴보니, 조마조마한 눈으로 영화를 지켜보고 있었다.

그때, 그녀의 어깨가 작게 떨리고 있는 것을 알아차렸다. 영화에 열중해서 못 알아차렸는데 잘 보니 몸 전체가 잘게 떨리고 있었다.

'구오오오오오오오오.'

화면 속에서 괴물이 벽을 뚫고 주인공 일행을 덮쳤다.

"힉."

평소의 마히루에게서는 상상도 할 수 없는 가냘픈 비명이 새어나오나 싶더니 가만히 내 손을 쥐었다.

"……."

난 뭘 하고 있는 거냐.

아이를 상대로 정색하고 이런 어린 아이한테 공포 영화를 억지로 보여주다니, 어른으로서 한심하지 않나. 난 자기 자신의 행동과 유치함을 부끄럽게 여겼다.

"아아, 이제 안 되겠어. 내가 졌어."

난 리모컨을 들어 정지 버튼을 누르고 커튼을 걷고 방의 불을 켰다.

"앗."

"아~, 무서웠어."

"후후. 유우 오빠가 졌네."

마히루는 이겨서 의기양양한 얼굴을 보여줬다.

"젠장, 너무 무서워서 더는 못 보겠어. 마히루는 대단하네."

"흐흥, 나한테 무서운 건 없거든."

마히루는 그렇게 말하고 허둥지둥 방에서 뛰쳐나갔다.

*

"후우."

마히루는 화장실에 뛰어들었다.

아까부터 오줌을 누고 싶어서 참을 수가 없었는데, 화장실에 간다고 하고 방에서 나가면 무서워서 나간 거라고 아리츠키가 오해할 거라 생각해서 참고 있었던 것이다.

"그 영화 뒤 내용 궁금하네."

집에 가는 길에 DVD를 빌리자고 생각한 마히루였다.

1

“안녕하세요~.”

“안녕하세요~.”

“안녕하세요~.”

딸랑딸랑 하고 종소리가 울려서 입구로 시선을 돌렸다. 손님이 왔다. 거기에 있는 것은 귀여운 세 소녀. 미소라, 타츠키, 메이였다.

“오오, 어서 와.”

셋 다 시원한 티셔츠 차림이다.

“왠지 오랜만에 본 느낌이 들어.”

미소라가 날 올려다보며 말했다.

“미소라는 마히루 생일 파티 때 봤잖아.”

“그런 얘기가 아니야. 요즘 못 놀았다는 뜻이야.”

“아아, 뭐, 그렇네.”

여름 방학 때는 거의 매일 아침마다 봤다고 해도 될 정도로 라디오 체조를 끝낸 아이들과 공원에서 합류해서 농구를 했지만, 새 학기가 시작됐으니 그럴 수도 없다.

아이들이 학교에 등교하는 시간과 내가 아침에 자유로워지는 시간이 겹친다. 그래서 매일 아침 난 혼자 쓸쓸하게 공원을 산책하거나 자유투 등을 하고 있다.

“그러니까 유우 씨, 농구 하자.”

타츠키가 안고 있던 농구공을 들어 보였다.

“괜찮은데 오늘은 4시부터 휴식이니까 그때까지 기다려.”

4시까지 앞으로 15분 정도 남았다.

“네~.”

“네~.”

“네~.”

셋은 벽 옆의 테이블석에 자리를 잡고 시간이 될 때까지 음료를 마시며 기다렸다.

“난 콜라.”

“난 사이다.”

“칼피스 부탁드립니다.”

“미소라가 콜라, 타츠키가 사이다, 메이가 칼피스지.”

난 주방으로 가서 세 사람이 주문한 음료를 만들었다.

“자, 기다렸지.”

세 여자 아이들은 음료를 마시면서 잡담을 시작했다.

왠지 이러고 있으면 옛날 생각이 나네. 미야랑 다른 애들이 아직 초등학교 1학년 건방진 꼬맹이였을 때 저렇게 셋이서 테이블에 둘러앉아 있었다. 하지만 지금 쟤들은 초등학교 3학년. 대화 내용도 조금 어른스럽다.

‘왠지 말이야, 요즘 남자들이 너무 까불지 않아?’라고 말하는 미소라.

“아~, 일일이 트집 잡지.”

타츠키가 수긍했다.

“그보다 야마다는 술래잡기를 할 때도 피구를 할 때도 메이만 노리잖아.”

미소라는 그렇게 말하고 메이를 봤다.

“나, 미움받고 있는 걸까…….”

“괜찮아, 우리가 지켜줄 거니까.”

“고마워, 둘 다.”

그녀들 정도의 나이대가 되면 지금까지는 평범하게 남녀가 섞여서 놀다가 점점 남자와 여자로 의식하기 시작해서 어색해지거나 남녀가 대립하는 등 관계가 변해 간다.

남자는 여자와 노는 걸 부끄럽게 생각하기 시작하는데, 사실은 친하게 지내고 싶어서 찝쩍대거나 일부러 장난을 치거나 한다.

여자는 여자대로 그런 남자들의 의도 같은 건 모르고 장난을 치는 남자들을 유치하다며 깔보고 자기도 모르게 모진 태도를 취하고 만다.

하지만 이 또한 성장의 증거다.

나에게도 그런 시절이 있었지, 라면서 그녀들의 대화를 들으며 그리운 기분이 들었다. 야마다 군은 아마 메이를 좋아하겠지.

얼마 안 있어 시보 대신 ‘후지산’의 멜로디가 거리에 흐르기 시작했다.

‘4시 됐어’라는 미소라.

세 명은 남은 음료를 단숨에 마시고 일어섰다.

“가요.”

메이가 내 손을 잡았다. 작은 손을 잔을 들고 있어서 그런지 약간 쌀랑했다.

"앞치마 벗을 거니까 기다려달라니깐."

그렇게 세 명과 함께 밖으로 나왔다. 파란 하늘에 큰 구름이 아련하게 떠 있었다. 서쪽 하늘은 약간 노랗게 되기 시작해서 이제 곧 석양이 질 것이다.

"나 새 기술을 배웠어."

미소라는 자신 있다는 듯이 날 올려다보며 씨익 웃었다.

"오늘은 반드시 이길 거야."

"그거 기대되네."

"나도 롤턴 잘 할 수 있게 됐어."

타츠키가 공을 땅에 튕기면서 말했다.

"이렇게, 휙 하고."

타츠키는 길에서 몸을 비틀어 롤턴을 해보였다. 포니테일로 묶은 검은 머리카락이 훨훨 공중에서 흩날렸다.

"야 야, 길에서 하면 위험하잖아."

공원에 도착했다. 놀고 있는 아이들은 많았지만 운 좋게도 농구 골대는 사람이 없고 아무도 쓰고 있지 않았다.

"그럼 5시까지 하는 거다."

"네~."

"네~."

"네~."

*

학교에서 집으로 가는 길, 난 언제나처럼 〈문 나이트 테라스〉에 들렀다.

"안녕하세요~."

"어머, 미야, 어서 와."

"어서 오세요."

"어라? 아줌마, 유우 오빠는?"

평소 같으면 유우 오빠가 태평한 얼굴로 맞이해주는데 아저씨랑 아줌마뿐이다.

"유우는 지금 휴식 중이야."

"방에 있구나."

"아니, 잠깐 나갔어. 미소라랑 다른 애들이랑 같이 농구하러 갔어."

"미소라랑?"

"타츠키랑 메이야. 딱 4시에 나갔으니까 엇갈렸네."

현재 시각은 오후 4시 4분. 모처럼이니까 나도 갔다 올까. 농구라고 해도 미소라와 다른 아이들은 결국 애들이니까 언니의 힘을 보여줘야겠다.

"나도 갔다 와야지."

"미야, 공부는?"

"갔다 와서 할래."

난 유우 오빠의 방에 짐을 두고 공원으로 향했다.

*

"훗."

"아니?!"

내 가랑이 사이로 공이 스르륵 빠져나가 대각선으로 파고든 미소라의 손에 들어갔다. 뒤돌아서 블록하려고 했지만 이미 늦어서 미소라의 레이업 슛이 그물을 흔들었다.

"헤헤~ 들어갔네."

"신기술이라는 게 가랑이 사이로 돌파하는 거였냐."

"어때, 대단하지?"

이거 성가신 기술을 배웠네. 키 차이가 나는 만큼 작은 아이는 어른의 넓은 가랑이로 공을 통과시키는 것쯤은 간단하다.

"대단하지만 뭔가 조마조마해……."

"?"

만약 조준이 빗나가서 내 알에 저 무식하게 큰 공이 직격한다고 생각하면 간담이 서늘해진다. 넷이서 잠시 농구를 하고 있으니 어디선가 익숙한 목소리가 들려왔다.

"어~이."

이 얼빠진 듯한 태평한 목소리는 설마…….

"아, 언니."

미소라가 눈을 크게 떴다.

"어~이."

미소라와 다른 아이들의 시선이 향한 곳으로 눈을 돌리니, 이쪽으로 달려오는 미야의 모습이 시야에 들어왔다. 교복을 입은 그녀는 손을 흔들면서 왔다.

"뭐야, 미야. 이런 곳에서."

학교에서 오는 길에 우연히 들른 걸까. 그런 것 치고는 빈손인 게 신경 쓰이는데.

"가게에 들렀는데 유우 오빠가 공원에서 농구하고 있다고 해서 나도 왔어."

"……공부는 어쩌고."

"나중에 가서 한다니깐."

"언니, 뭐 하러 온 거야."

미소라는 약간 불만스러운 표정을 지었다.

"뭐 하러 왔냐니, 뻔하잖아."

"미야 언니도 할래요?"

타츠키가 말했다.

"할래 할래~."

"엥~, 됐어, 언니는 엄청 못하니까."

"뭐라고? 미소라."

"사실이잖아."

"진정해, 미야, 너 농구 할 수 있어?"

"무례하네. 옛날엔 여기서 자주 했잖아."

"아아, 그랬지."

미야와 다른 애들이 아직 초등학교 1학년이었을 때, 이 공원에서 자주 농구를 하면서 놀았었지.

"그건 그렇고 너 로퍼 신고 있잖아."

괜찮을까. 미야의 처참한 운동 신경은 보통 수준이 아니다.

"어쩔 수 없네, 언니, 일단은 발목만은 잡지 마."

"알았다니깐."

"그럼 일단 팀을 나누고 대전할까."

한 명 더 있으면 3 on 3를 할 수 있는데 그렇게 타이밍 좋게 아는 사람이 지나갈 리도 없다. 3 대 2 경기가 되니 전력 차를 고려해서 나, 메이 팀과 미야, 미소라, 타츠키 팀으로 나뉘어서 시합을 하기로 했다.

"언니, 패스."

"와앗."

한순간 공을 떨어뜨리면서도 미야는 어떻게든 메이를 피하고 슛을 날렸다. 하지만 그 동작이 하나하나 느려서——.

"이얍."

난 간단하게 그 슛을 쳐내는 데 성공했다.

"정말, 뭐 하는 거야 유우 오빠!"

"너무 느리다고."

준비하고 날리기까지 5초는 걸렸다.

"너 옛날이 더 잘했던 거 아냐?"

"치이, 아니거든."

다음은 우리의 공격이다.

메이에게 패스를 하고 난 골밑으로 갔다. 미야와 타츠키가 날

마크했다. 그대로 패스를 받을 수 있으면 이상적이지만, 미소라의 디펜스 솜씨가 좋아서 메이는 패스를 하지 못했다. 메이와 미소라의 매치업은 무난하게 미소라의 승리로 끝났다.

"죄송해요."

"괜찮아, 다음에 흐름을 바꾸자."

"네."

다시 미야 팀의 공격.

"미야 언니, 패스."

"오케이, 홋, 에잇."

타츠키한테서 공을 받은 미야는 어색한 드리블로 메이를 제치고 레이업 슛으로 이행했다. 하지만 역시 그 움직임은 어딘지 느릿해서 반대 방향에 있는 내가 어떻게든 시간 맞춰서 블록을 할 수 있을 것 같다.

난 대각선으로 점프했다. 미야도 거의 동시에 골을 향해 뛰었다. 미야의 손에서 공을 밀어내듯이 손을 뻗어 슛을 방해하는데 성공했다.

"와앗."

하지만──, 생각보다 너무 세게 점프해서 내 몸은 멈추지 않았다. 미야도 마찬가지였다.

어라?

뭔가 전에도 이런 일이 있었는데.

그렇다, 그건 마히루랑 농구했을 때다.

그때와 같은 일이 일어나지 않도록 난 최대한 미야──특히 그 커다란 가슴——와 접촉하지 않도록 몸을 비틀었다.
그리고 두 사람의 몸은 공중에서 접촉했다.
"아얏."
"우왓."
우린 서로 균형을 잃고 엉덩방아를 찧었지만 난 안심하고 있었다. 부딪친 건 내 가슴과 미야의 왼쪽 어깨다. 그때 같은 어색한 일은 겪지 않아도 된다고.
공은 메이가 회수해줬다. 다음은 우리의 공격이다.
"후우."
"아야야, 진짜, 유우 오빠."
"이야, 미안 미안……!"
난 깜짝 놀랐다.
엉덩방아를 찧고 다리를 크게 벌린 미야. 지금 미야는 교복을 입고 있어서 아래에는 당연히 치마를 입고 있다.
최악인 건 위치다. 나와 미야는 서로 마주 보듯이 땅 위에 엉덩이를 붙이고 있다. 치마 속의 희미한 어둠 속에 숨어있는 순백의 빛이 내 시야에 비치는 건 그야말로 필연적인 일이었다——.
난 바로 눈을 돌렸다.
"어? 앗."
그 움직임을 보고 미야도 상황을 파악했다. 황급히 일어나 다리를 오므리고 치마 위를 손으로 눌렀다.
"바, 바보 유우 오빠."
얼굴이 새빨갛게 물들고 목소리가 떨렸다.

"미, 미안. 일부러 그런 건 아니야."
"……봤어?"
미야는 싸늘하게 날 바라봤다.
"아니, 그……."
"벼, 변태."
"오해라니깐."
그 후, 나는 일주일 동안 미야에게 커피를 사주기로 약속하게 되었다.
교훈.
치마를 입고 농구를 해서는 안 된다.

2

사립 히유리여학원고등학교, 라운지 스페이스.
어둑어둑하게 설정된 조명에 넓은 간격을 두고 흩어져 있는 테이블석. 벽에는 나무판을 모자이크식으로 바르고 바닥에는 심홍색 융단이 깔려있었다. 안쪽에는 카운터가 있었고, 나이 든 숙녀 마스터가 조용히 서있었다.
귀를 기울이면 어렴풋하게 낮은 음량으로 흐르는 재즈가 마음을 안정시켜줬다. 은신처 같은 바를 연상시키는 편안한 공간에서 학생들은 평소 쌓인 면학의 피로를 풀고 휴식하는 것이다.
난 창가 자리에 앉아 따뜻한 코코아를 한 모금 마셨다. 밤의 어둠 속에 뜬 달을 바라보면서 입안에 퍼지는 부드러운 달콤함을 즐겼다.

"후우……."

맛있지만 〈문 나이트 테라스〉에서 마시는 게 몇십 배나 더 맛이 깊다.

품질이 어떻고 하는 문제가 아니라, 유우 오빠가 없는 공간에서는 무엇을 먹어도, 무엇을 마셔도 마음이 채워지지 않는다.

"하아……."

주말은 즐거웠어. 토요일엔 마히루의 생일 파티를 열고, 다음 날엔 니혼다이라 동물원에서 유우 오빠랑 단 둘이서 데이트를 하고…….

"하아……."

유우 오빠와 만나지 못하는 이 5일이 괴롭다. 하루 이틀 날이 갈수록 차차 기분이 진정되지 않게 되고 마지막에는 밤에도 잘 수 없을 정도로 불안한 마음으로 가슴이 가득 차게 된다. 마치 약물 중독자의 금단현상처럼 몸이 유우 오빠를 원하는 것이다.

이럴 바에는 고집을 밀어붙여서 후지노미야에 있는 학교에 다녔어야 했다며 진심으로 후회하고 있다. 하지만 유우 오빠를 보면 그런 증상이 가라앉으니 인간은 신기한 존재다.

아아, 휴일이 기다려져.

"겐도지 씨, 이번 주 주말도 외출해?"

동급생인 텐류지 씨가 오렌지주스를 한 손에 들고 맞은편에 앉았다.

"네, 텐류지 씨."

난 답했다.

"……."

"왜 그러시죠?"

"겐도지 씨 있잖아, 이번 여름에 남자 친구 생겼어?"

"흐에?"

텐류지 씨는 걸쭉하게 쏘아봤다.

"뭔가 여름 방학이 끝난 뒤부터 밝아졌고 주말에도 계속 외출하고 있고."

"……에헤헤."

난 미소를 돌려줬다.

"그 여유로운 태도, 역시 그런 건가~."

엄밀히 말해서 유우 오빠는 남자 친구라기보다는 내 인생 그 자체지만, 설명하는 게 어려우니 그런 걸로 해두자. 그리고 남자 친구라는 울림도 나쁘지 않은 것 같다.

텐류지 씨는 우는 척을 하면서 말했다.

"우리 히유리의 숙녀로서 순결은 지키자고 맹세했잖아~. 배신자~!"

"아니 아니, 딱히 순결은 아직──."

"히무라 씨도 야나기노미야 씨도 이번 여름에 남자 친구가 생겼다고 하고, 겐도지 씨까지 날 두고 가는 건가."

이제는 우는 척이 아니라 정말로 눈물을 흘리고 있었다. 급우들이 앞질러가는 게 진심으로 분한 모양이다.

"진정해요."

"나도 남자 친구 갖고 싶어어."

"텐류지 씨에겐 Kaiser의 스기타 씨가 있잖아요."

Kaiser란 젊은 남성 성우 유닛으로 원래 쿠죠 씨가 응원하던 성우 그룹인데, 살아있는 남자와 접할 수 있다는 욕망에 솔직한 이유로 악수회에 참가한 결과, 텐류지 씨도 보기 좋게 빠져들어 버린 모양이다. 참고로 텐류지 씨는 리더인 스기타 다이스케의 팬이라고 한다.

뭐, 난 유우 오빠 이외의 남자에겐 관심이 없어서 어떤 점이 좋은 건지 잘 모르겠지만.

"최애랑 남자 친구는 별개야!"

"워워."

그 후, 책상에 엎드려 흐느껴 우는 텐류지 씨를 달래는 데 15분은 걸렸다. 한바탕 울어서 눈 주위가 빨갛게 부은 텐류지 씨는 시무룩하니 고개를 들었다.

"어떤 사람이야? 고등학생? 대학생?"

"그건…… 비밀이에요."

"그렇게 나오는구나."

일단 난 아직 고등학생 신분이니 유우 오빠의 사회적 지위를 위해서라도 비밀로 해두는 편이 좋을 것이다.

"어디서 알게 됐어?"

"음~, 여름 방학을 시작하고 나서 알게 된 게 아니라 옛날부터 알고 지냈다는 느낌일까요."

"어? 누가 먼저 고백한 거야?"

"저예요."
"에에, 겐도지 씨는 의외로 적극적이야?"
"아뇨 그렇진 않아요."
텐류지 씨는 얼굴을 가까이 대고 살며시 물었다.
"그래서 어때? 역시 아파?"
"네?"
"시치미 떼지 마. 여름 방학 때 남자 친구가 생겼는데, 그, 그런데, 아무 일도 없을 리가 없잖아."
그녀는 얼굴을 붉히고 호기심과 공포가 섞인 듯한 표정으로 날 바라봤다.
"아, 아아."
"해, 했지?"
"그."
쇼난의 그날 밤, 유우 오빠에게 마음을 전한 그날 밤에 있었던 일이 떠올라 난 아랫배 근처가 욱신거렸다.
"어, 어떤 느낌이야?"
"어떤 느낌이냐니……."
엄밀히 말해서 그때는 하기 직전에 중지되고 말았지만, 뭐, 거기까지 갔으니 그건 했다고 세어도 되지 않을까.
"여, 여유로웠다구요?"
난 검지로 안경을 휙 올렸다.
"헤아……."
텐류지 씨는 선망의 눈길을 보내면서 나한테서 몸을 떼고 무서워 벌벌 떨 듯이 의자에 깊숙이 기대어 앉았다.

"어, 어른의 풍격."

"흐흥."

왠지 자랑스러운 기분이 들어 난 가슴을 살짝 폈다.

약 한 시간 정도 텐류지 씨와 티타임을 즐긴 후에 방으로 돌아와 목욕을 마쳤다.

"후우."

침대에 걸터앉았다.

아까 전엔 텐류지 씨 앞이라 허세를 좀 부렸지만, 지금 내 마음속은 편하지 않았다. 그도 그럴게 역시 월요일부터 금요일까지 5일이 너무 길다.

유우 오빠와 만나지 못하는 게 괴로운 건 물론이고 내가 우려하고 있는 건 그뿐만이 아니다.

나, 미야, 마히루, 그리고 유우 오빠가 있는 라인 그룹에 투고된 한 장의 사진.

'엄청 예뻐.'

미야의 코멘트와 함께 야경 사진이 그룹 라인에 왔다. 밤의 어둠 속에서 반짝이는 후지노미야시 거리.

들어보니 유우 오빠와 함께 후지산에 드라이브 하러 가서 야경이 보이는 곳에 들렀다고 한다.

너무 부럽다. 나도 유우 오빠와 함께 야경을 보면서 로맨틱한 분위기에 빠져들고 싶다.

내가 유우 오빠와 만날 수 있는 건 토요일과 일요일 이틀 뿐.

겨우 이틀이다. 하지만 미야는 매일 〈문 나이트 테라스〉에 다니며 공부한다고 하는 게 아닌가.

"좋겠다, 미야는."

이 차이는 너무 크다.

미야에겐 유우 오빠의 사회적 지위를 위해 오해를 부를 만한 일은 피하는 편이 좋다고 이전에 못을 박아뒀지만, 이 상태면 이미 잊어버렸을 것이다.

내가 카나가와에 있는 동안 미야가 엉뚱한 짓을 해서 유우 오빠와 거리를 좁힐 가능성이 있다. 그렇지 않아도 미야는 미소녀다. 거기에 더해 미야가 타고난 동생 기질이라고 해야 할까, 돌봐주고 싶어지는 면이 유우 오빠의 부성을 자극하고 있다는 생각이 들어서 참을 수가 없었다.

이 둘은 단둘이 있게 하면 할수록 위험하다.

내가 쓸 수 있는 시간은 일주일에 겨우 이틀뿐.

이 짧은 시간을 이용해서 유우 오빠를 함락시키려면 나름의 전략을 짜야…….

*

"후후."

난 가위를 움직여 사진을 잘라냈다.

타원형으로 잘린 유우 오빠의 얼굴. 내가 봐도 깔끔하게 됐다. 그 사진을 유우 오빠에게 받은 로켓펜던트에 넣었다. 좋아. 딱

맞아.

"헤헷."

전등 빛을 반사해서 황금색으로 반짝이는 펜던트톱. 잠깐 그걸 바라보고 있으니 띠롱 하고 스마트폰이 울렸다. 미야한테서 그룹 라인이 와있었다.

'공부 끝났어~.'

오늘도 미야는 〈문 나이트 테라스〉에 있는 유우 오빠의 방에서 공부를 하고 있었던 모양이다.

"좋겠다, 미야는."

공부를 이유로 삼아 자연스럽게 유우 오빠의 방에 들어가고 있다. 뭐, 미야는 사양할 필요가 없으니까 평소대로 행동하고 있을 뿐이겠지만.

나도 부활동이 끝나고 들르고 싶지만 요즘엔 밤늦게까지 연습하는 경우가 많고 연습 후에도 고등학교 선수권 대회를 위한 회의가 있기도 해서 좀처럼 시간을 만들 수 없었다.

'수고했어'라며 아사카가 답장했다.

"……아사카."

그리고 주말이 되면 아사카는 다시 후지노미야에 올 것이다.

저번 주에는 동물원에 갔고, 이번 주에는 어디로 갈까. 아사카니까 또 쇼난 때처럼 과격한 짓을 저지를지도 모른다.

내가 부활동으로 바쁜 동안 아사카는 계속해서 유우 오빠와의 거리를 좁혀간다. 정신 차리고 보니 둘이 이미 사귀고 있어서 때를 놓치게 되면 그야말로 최악이다.

하지만…….

'응원해 줄거지?'

그 말에 난 자신의 속마음을 밝힐 수 없었다. 나도 유우 오빠를 좋아해, 그러니까 아사카의 사랑을 응원할 수 없다고.

한 걸음의 용기가 나지 않는 스스로가 한심하다.

그저 가만히 방관하고 있기만 해도 무언가가 손에 들어오는 그런 허술한 세상은 존재하지 않는다.

스스로 움직이지 않으면 아무것도 붙잡을 수 없다.

원하는 것은 스스로…….

"하아……."

펜던트를 안으면서 침대에 드러누웠다.

"그게 되면 고생 안 한단 말이지."

이 마음이 만약 유우 오빠에게 전해져 버리면 지금까지와 같은 관계로는 있을 수 없다. 하지만 지금 이대로 가면 아사카에게 유우 오빠를 빼앗기는 걸 가만히 보기만 하다가 끝나버린다.

'고생했어'라고 나도 답장을 보냈다.

토요일까지 앞으로 이틀.

*

"끄으응~."

난 기지개를 쭉 펴서 몸을 풀었다.

"응~."

계속 책상에 앉아서 공부를 해서 몸이 딱딱하게 굳어버렸어. 나는 남은 카페오레를 다 마시고 일어섰다. 그때 발이 저리다는 것을 알아차리고 이상한 자세로 바닥에 주저앉고 말았다.

"뭐 하는 거냐, 너."

침대 위에서 문고본을 읽고 있던 유우 오빠는 기가 막힌다는 듯이 말했다.

"아, 발이 저려서."

"……호오, 얍."

유우 오빠는 내 발바닥을 툭 찼다.

"햣."

발끝에서 머리끝까지 저린 게 전해졌다.

"얍 얍."

"햐아아아아."

"아하핫."

"바, 바보야."

"미안 미안."

그리고 저린 게 없어질 때까지 5분 정도 걸렸다. 정말이지, 유우 오빠는 장난스러워서 곤란하다.

"유우 오빠, 데려다줘~."

"그래."

시각은 7시 반. 밖은 이미 완전히 어두워져 있다. 밤바람이 기분 좋다.

난 유우 오빠의 차에 타고 좌석 깊숙이 앉았다.

"미야, 안전벨트 해."
"아, 응."
라인을 확인하니 마히루와 아사카한테서 각각 '고생했어' '수고했어' 라는 답장이 와있었다. 또 다 같이 놀고 싶다. 빨리 주말이 오지 않으려나. 난 '지금부터 유우 오빠가 데려다줄 거야' 라고 라인을 보냈다.

3

금요일.
해도 기울기 시작해 학교를 마치고 돌아가는 학생과 장을 보고 돌아가는 주부 손님이 많아진다. 빠릿빠릿하게 일하면서도 난 항상 귀에 의식을 집중하고 있었다.
'이어서, 현내 고등학교 선수권 대회를 목표로 삼은 여고생들을 밀착 취재해봤습니다.'
그걸 들은 어머니는 걸음을 멈추고 벽에 걸린 텔레비전이 있는 쪽을 봤다.
"어머, 이, 이거 아냐?"
나도 텔레비전으로 시선을 옮겼다. 방송되고 있는 것은 저녁 로컬 와이드쇼다.
'저희는 배구에 청춘을 바치는 소녀들을 취재했습니다.'
묘령의 여성 아나운서가 웃는 얼굴로 그렇게 말하자 영상이 전환되고 익숙한 경치가 화면 가득 펼쳐졌다.

웅대한 후지산을 배경으로 센겐 대사의 빨간 토리이가 비쳤다.

'시즈오카현 후지노미야시. 세계 유산인 후지산 기슭에 펼쳐진 이 마을에 배구에 청춘을 바치는 소녀들이——.'

손님들도 '후지노미야시'라는 단어에 반응했는지 텔레비전에 시선이 고정됐다.

그리고 후지노미야시 거리가 5초 정도 나오고 화면은 키타고의 가로수길, 교사, 그리고 제2체육관 순으로 전환되었다.

연습에 힘쓰는 여자 배구부의 모습이 나왔다. 그 속에서 마히루의 모습을 발견하고 어머니는 소리를 질렀다.

"지, 지금, 마히루 찍혔어. 유우 봤어?"

"봤어, 너무 들떴잖아."

그렇게 말하면서도 나도 내 안에서 감정이 들썩들썩 끓어오르는 걸 느꼈다.

이상한 기분이다.

얼마 전, 방송국에서 키타고 여자 배구부를 취재해서 그 특집이 오늘 방송된다고 마히루에게 들었다. 전국에서도 강호로 유명한 키타고 여자 배구부. 현내의 고등학생을 지역 뉴스 방송이 취재하는 건 자주 있는 일이지만, 막상 자기 동네의 학교——내 모교이기도 하다——가 방송되니 왠지 기분이 진정되지 않았다. 게다가 마히루가 텔레비전에 나올지도 모르니 싱숭생숭해지는 건 당연한 일이다.

"녹화 잘 될까, 당신 좀 보고 와."

"그래."

평소에 아버지는 과묵하고 느긋한데 마치 닌자와 같은 신속한 움직임으로 2층에 올라갔다가 바로 돌아왔다.

"녹화되고 있었어."

"아아, 다행이다."

어느 타이밍에 특집이 나올지 모르기 때문에 방송을 통째로 녹화하고 있다.

조마조마 두근두근한 마음으로 텔레비전을 지켜보는 우리. 연습하는 모습을 틀어주면서 내레이터가 키타고에 대해 설명했다.

'키타고 여자 배구부는 전국 대회에 몇 번이나 출전한 강호 학교이며 일본 대표 선수 코하룽, 하나야마 코하루 선수의 모교로도 유명합니다. 작년엔 아쉽게도 힘에 부쳐——.'

"아아, 정말, 마히루를 더 찍으라고."

어머니는 카메라 워크를 불평했다.

"말도 안 되는 소리 하지 마…… 하나야마, 코하루?"

뭔가 들은 적 있는 이름이다. 뭐였지…….

"저기요~, 주문 괜찮을까요~?"

"아, 네~."

난 주문을 받으러 서둘러 테이블로 갔다. 아버지도 어머니도 텔레비전에 열중하고 있는지 손이 평소보다 움직이지 않아서 내가 그만큼 더 움직였다.

이윽고 화면에 마히루가 나오고 '3학년 류샤쿠 마히루'라는 자막이 화면 아래에 나왔다.

'부장인 류샤쿠 마히루 씨에게 물었습니다.'

"앗, 마히루야!"

"조용히 해, 엄마."

화면 속의 마히루는 긴장하고 있는지 표정이 조금 딱딱하고 굳어있었다. 하지만 대답은 잘 하고 있어서 주장으로서의 기량이 엿보였다.

'네, 우리── 저희 3학년은 마지막 대회이니 후회가 남지 않도록 착실하게 연습해서 다 같이 힘을 합쳐 고등학교 선수권 대회에 도전하고자 합니다.'

인터뷰를 하는 마히루의 모습을 보고 있으면 왠지 심장을 꽉 잡힌 듯한 기분이 든다. 시즈오카 전체에 방송되니까 혀가 꼬이지 않게 해주세요, 이상한 말도 안 하게 해주세요…… 아니, 생방송도 아닌데 난 무슨 걱정을 하고 있는 거지.

그 후, 마히루가 연습하는 모습이 삽입되고 스파이크를 날리는 신과 함께 내레이터가 마히루를 소개했다.

'류샤쿠 씨는 1학년 때부터 정규 선수로서 활약했고 팀의 중심으로서 노력해왔습니다. 게다가 현재 두 개의 실업팀의 스카우트를 받았다고 하는데요. 장래가 기대돼서 눈을 뗄 수가 없네요.'

마히루의 차례가 끝나 고문 선생님의 인터뷰로 넘어갔다. 어딘가에서 본 적 있다 싶었는데, 내가 키타고에 다니던 때에도 이 사람이 여자 배구부 고문이었던 것을 떠올렸다. 좀 그립다.

그 이후 마히루가 주목을 받는 일은 없었고, 코너는 종료되었다.

'이상으로 특집이었습니다. 이어서 내일 날씨입니다──.'

화면이 스튜디오로 전환되며, 아나운서가 그렇게 말하고 일기 예보 코너가 시작됐다. 나를 포함한 대부분의 사람은 이미 텔레비전에서 눈을 뗐다.

"이야, 대단하네. 아직도 두근거리고 있어."

그 후 어머니는 한동안 눈을 반짝이면서 일을 했다.

"엄마가 두근거려서 어쩌자는 거야."

"그치만 마히루가 텔레비전 취재를 받다니 대단하잖아."

"그야 그렇지만."

정확히는 마히루 한 사람에 대한 취재가 아니라 키타고를 취재한 것이지만 아는 사람이 나왔다는 상황 때문에 마히루에게만 눈이 간 것 같다. 나도 그렇지만.

"그러고 보니 엄마, 하나야마 코하루 알아?"

아까 한 특집에서 나온 이름에 대해 내가 그렇게 물어보자 어머니는 믿을 수 없는 것을 보는 듯한 눈으로,

"너, 코하룽을 몰라?"

"뭔가 어딘가에서 들은 적 있는 것 같은 이름이야. 배구 선수였던가."

"키타고 출신 배구 선수인 데다가 대표 선수야."

"키타고의?"

"아마 너보다 두 살 아래였을걸. 얘는 진짜——."

나보다 두 살 아래라는 말은 내가 고등학교 3학년일 때 1학년—— 아!

그렇다, 생각났다.

하나야마 코하루. 내 친구의 여자 친구다. 그래, 어디선가 들은 적 있는 이름이다 싶었다. 직접 대화를 한 적이 있었는지 없었는지 기억은 안 나지만, 학교에서 1, 2위를 다투는 엄청난 미소녀였다는 건 기억났다.

그건 그렇고 실업팀 선수가 된 데다가 대표 선수까지 됐을 줄이야.

"자, 저쪽 테이블 정리해."

"어어."

그때,

"야, 아까 나온 애 예뻤지."

"아아, 주장?"

창가 테이블석에 앉아있는 대학생으로 보이는 젊은 2인조 남자의 대화가 들려왔다.

"아이돌 같았어."

"그렇지."

"……."

그리고 둘은 금방 다른 화제로 넘어갔다. 강의가 어쩌고 하는 이야기를 하는 걸 보니 역시 대학생인 것 같다.

뭘까, 이 느낌…….

저들은 그저 본 방송에 대한 감상을 말했을 뿐이다. 그런데 내 마음속에는 뭔가 답답한 느낌이 들어찼다.

이건 아까 마히루가 인터뷰를 할 때도 느꼈던 느낌이다. 마히루를 걱정했을 때, 그때는 깨닫지 못했지만 걱정하는 것과 동시에 이 이상한 느낌이 소용돌이치고 있었다.

이건 대체……?

*

여자 배구부 부실.

"오오오오오오."

"오오오오오오."

"오오오오오오."

연습을 중단하고 텔레비전에 달라붙어 있던 부원들은 자기들의 특집이 끝나자 일제히 꺄꺄대며 떠들기 시작했다.

"대박, 진짜 방송됐어."

"텔레비전에 나왔어."

"그보다 마히루 선배 엄청 긴장하지 않았어요?"

"평소보다 목소리 높았죠."

"시, 시끄러. 카메라를 들이대면 누구든 긴장하잖아."

그건 그렇고 인터뷰는 꽤 길게 얘기한 것 같은데 방송된 건 조금뿐이네. 아니면 긴장해서 길게 느꼈을 뿐일지도.

"자, 얘들아 휴식은 끝. 다시 연습하자."

"네~."

"네~."

"네~."

감독의 재촉을 받아 부원들은 줄줄이 부실에서 나갔다.

“아, 비.”

오늘은 아침부터 흐렸는데 어느샌가 비가 후드득후드득 내리기 시작했다. 큰일이네, 우산 깜빡했어. 연습하는 동안 그쳤으면 좋겠는데.

텔레비전에 자기들의 멋진 모습이 나와서 그런 건지 휴식 후의 연습에서는 다들 어딘지 집중력이 부족하다는 느낌이 들었다.

“자, 다들 정신 바짝 차려.”

그렇게 말하는 나 스스로도 이상하게 힘이 들어간 걸 느꼈다. 평소처럼 움직이지 못했다. 텔레비전에 자신의 인터뷰가 나와서 그런 건가?

아니, 아니다.

오늘은 금요일. 내일이면 다시 아사카가 카나가와에서 돌아온다. 유우 오빠를 만나러, 이 마을에…….

연습이 끝난 건 오후 8시 전. 샤워를 하고 옷을 갈아입었다.

“하아, 배고프다.”

비는 결국 본격적으로 내려서 쏴아아아 하고 땅을 때리는 소리가 안에 있어도 들릴 정도였다. 어떡할까. 엄마한테 데리러 와달라고 할까.

스마트폰을 확인하니 유우 오빠한테서 라인이 와있었다. 특집 방송을 본 모양이라, 그에 대한 감상이었다. 스스로 가르쳐 줘 놓고 좀 그렇지만, 유우 오빠가 봤다고 생각하니 부끄러웠다.

내 읽음 표시를 확인했는지 바로 또 메시지가 왔다.

‘지금 연습 끝났어?’

'응.'
'수고했어.'
'하지만 비가 와서 아직 못 가.'
'무슨 일이야?'
'우산 깜빡했어.'
'그럼 데리러 가줄게.'
'괜찮아?'
'체육관 앞에서 기다리고 있어.'
'응.'

이러면 왠지 마중 나오라고 재촉한 것 같아서 미안하다는 걸 메시지를 끝내고 나서 알아차렸다. 하지만 유우 오빠를 만날 수 있는 건 기쁘다.

난 부실 문단속을 하고 밖으로 나왔다.

비가 엄청 내린다.

차가 오면 바로 알 수 있게 제2체육관 처마 밑으로 나왔다. 그러자 거기엔 낯익은 사람의 모습이 있었다.

외등 빛 아래에 서있는 몸집 큰 남자. 짧게 깎은 소프트 모히칸, 장신에 근육질에 농구 연습복 차림. 세리자와였다.

"여어, 세리자와."

"뭐야, 류샤쿠냐."

"이런 곳에서 뭐 하고 있어?"

나와 마찬가지로 우산을 깜빡해 마중을 기다리는 걸까. 아니, 세리자와의 오른손에는 접힌 우산이 있었다.

"린을 기다리고 있어."

세리자와는 그렇게 말하고 제1체육관 쪽을 봤다. 여자 농구부가 연습 뒷정리를 하고 있었다.

"아아, 여자 친구인가."

"바보야, 그런 거 아니거든."

세리자와는 알기 쉽게 귀까지 빨개져서 팔짱을 끼고 고개를 돌렸다.

하나야마 린과 세리자와가 사귀고 있는 건 학교 전체에 알려져 있지만, 정작 본인들은 끝까지 숨기고 있다고 생각하는 것 같다. 주위에서 놀릴 때마다 '아직 안 사귀고 있다'거나 '그런 거 아니다'라고 하면서 얼버무리고 있지만, 바로 얼마 전에 두 사람이 교사 뒤편에서 같이 도시락을 먹고 있는 모습을 여자 배구부 후배가 목격했다.

세리자와도 린도 부활동은 이미 은퇴했지만 세리자와는 부장, 린은 부부장을 맡고 있었기 때문인지 가끔 얼굴을 비추고 연습을 도와주고 있다고 한다.

그렇군. 제1체육관 근처에서 기다리고 있으면 다른 부원들이 린을 기다린다고 놀려댈지도 모르니까 제2체육관 쪽에 있는 건가."

"부끄러워하지 말라니깐."

좋아하는 사람과 서로 사랑하다니, 세리자와가 부럽다.

"그, 그보다, 류샤쿠도 연습 끝났어? 늦게까지 힘들겠네."

"대화 주제 바꾸는 거 엄청 못하네."

"시끄러, 이만하면 됐잖아."

"알았어, 미안해."
"류샤쿠는 마중 기다리는 거야?"
"어어, 우산을 잊어버려서."
"매일 늦게까지 힘들겠네."
"뭐, 우린 고등학교 선수권 대회가 있으니까."
"이왕이면 우승하고 오라고."
"너 말 쉽게 한다."
"아무튼 프로 스카우트를 받은 류샤쿠 님이니까."
"딱히 거기에 간다고 정한 건 아닌데."
대화가 끊어진 타이밍에 시야가 번쩍 하고 한순간 밝아졌다. 몇 초 지나서 맹수가 으르렁거리는 소리 같은 천둥소리가 울렸다.
"가까운 곳에 떨어졌네."
"아 그래, 린이 말했는 네가 스카우트 받은 쿠마모토 엠프레스는 린의 언니가 있는 팀이다?"
"어?! 그래?"
"어어, 하나야마 코하루라고 들은 적 없어?"
"하나야마 코하루는 알고 있는데…… 하나야마라면, 아!"
"린의 언니야."
"그랬구나."
"몰랐냐."
"린한테 언니가 있는 건 알고 있었는데, 설마 하나야마 코하루라니. 그런 말은 한 번도 안 했는데."
"……뭔가, 나도 자세히는 못 들었는데 언니랑은 사이가 별로 안 좋은 것 같아."

"흐음."

린은 1학년 때 같은 반이었다. 누구와도 쉽게 허물없이 사귈 수 있는 밝은 아이인데, 그런 린이 친언니와 사이가 별로 안 좋다니 놀랍다.

그때, 빗소리에 섞여서 배에 울리는 듯한 엔진 소리가 들려왔다. 헤드라이트 빛이 다가왔다. 유우 오빠의 차다. 이윽고 시빅은 정면에 있는 가로수길의 갓길에 멈췄다.

*

먹을 푼 듯한 검은 하늘에서 쏟아지는 무수한 빗방울. 쏴아 하고 일정한 기세를 유지하면서 가끔씩 우르릉 하고 천둥소리가 섞였다. 와이퍼는 쉴 틈도 없이 앞유리 위를 왔다 갔다 하며 아주 바빴다.

난 서문으로 학교에 들어가 서문이 있는 곳까지 가로수길을 쭉 달렸다. 역시 이런 빗속에서 연습을 하는 학생은 없었지만, 교사 쪽을 보니 불이 켜진 창문이 드문드문 있었다.

체육관 앞 갓길에 차를 세웠다.

마히루에게 도착했다고 연락하려고 조수석에 둔 스마트폰을 들었다. 그때, 체육관 처마 밑에 두 고등학생이 서 있는 게 창문 너머로 보였다.

그 순간, 짜증 날 정도로 귀에 울리던 빗소리가 들리지 않게 되고 세상은 무음이 되었다.

"저건……."

한 명은 마히루다.

그리고 그 옆에 있는 건 키 큰 남학생. 어떻게 봐도 체육계 같은 용모였다. 두 사람은 웃으면서 사이좋게 이야기하고 있었다.

이렇게 밤늦게까지 남아서, 게다가 비 오는 밤에 단 둘이 있다니, 설마…….

"아니아니, 진짜냐고."

자신의 입에서 새어 나온 중얼거리는 소리를 듣고 겨우 세상의 소리가 되살아났다. 차체가 비를 맞는 소리가 묘하게 차갑게 느껴졌다.

결국 이런 때가 온 건가.

이상하게 땀이 나서 겨드랑이 아래를 타고 흐르고 위장이 밀려 올라오는 듯한 불쾌감을 느꼈다.

마히루는 더 이상 아이가 아니다. 부활동으로 바쁘다고 해도 꽃도 부끄러워하는 여고생이다. 언젠가는 이런 때가 올 것이라 생각하고 있었지만, 마음의 준비도 안 된 상태라서 뭔가 봐서는 안 될 것을 보고 만 기분이다.

마히루에게 남자 친구가 생겼나.

기뻐해야 할 일이 아닌가.

그 건방지고, 날 휘두르던 마히루에게, 남자 친구가…….

조금 전에 가게에서 키타고 여자 배구부 특집을 본 후에 느꼈던 것과 **똑같은 느낌**이 날 덮쳤다. 말로 잘 표현할 수 없는 불가

사의한 감정이다.

얼마 지나지 않아 마히루는 처마 밑에 있는 남학생에게 가볍게 손을 흔들면서 달려왔다.

찰칵 하고 문이 열리고 마히루의 웃는 얼굴이 보였다.

“고마워, 유우 오빠.”

“어, 어어.”

마히루는 재빠르게 조수석에 올라탔다. 샤워를 하고 왔는지 샴푸의 좋은 향기가 살짝 났다.

“일기예보 보는 걸 까맣게 잊어버렸지 뭐야.”

“어, 어어.”

어떡하지.

내가 물어보는 건 뭔가 섬세하지 않다는 느낌이 들지만 신경 쓰이는 마음은 억누를 수 없었다.

“아, 그래. 쟤는 안 태워줘도 괜찮아?”

“쟤?”

마히루는 의아하다는 표정을 지었다.

“그 왜, 저기 있는 남자애.”

난 처마 밑에 남겨진 남학생을 쳐다봤다.

“아아, 세리자와? 왜?”

마히루는 고개를 갸웃했다.

“왜냐니, 그…….”

그렇군, 그와의 관계는 끝까지 숨겨두고 싶은 건가. 사귀고 있다는 걸 공언하고 싶어 하지 않는 커플은 의외로 많다. 내가 고등학생이었을 때도 그런 녀석들은 가끔 있었다.

하지만 겉과 속이 다르지 않은 마히루가 나에게 숨기다니, 그만큼 그 애를 생각해주는 건가…….

딸을 시집보내는 아버지의 심경이라고나 할까.

어릴 때부터 알고 있던 동생 같은 존재인 마히루가 내가 모르는 남자에게 호의를 품고 그걸 나에게도 숨기다니.

"됐어, 쟤는 여자 친구 기다리고 있으니까."

"어?"

여자 친구, 라고 했나?

아니 여자 친구는 너잖아, 라고 말하려다 난 그 말을 꾹 참았다. 체육복을 입은 여고생이 제1체육관 쪽에서 종종걸음으로 다가와 처마 아래에 있는 남학생과 합류한 것이다.

"아, 마침 온 것 같아."

검은 세미 롱 헤어의 여고생이다. 남학생이 우산을 펴자 여학생도 거기에 들어가 무려 우산을 같이 쓰기 시작했다. 그리고 두 사람은 그대로 빗속으로 사라져 갔다.

"……."

이거 어쩌면 엄청난 착각을 하고 있던 게 아닐까?

"저 둘은……."

"그러니까 저 남자는 여자 친구를 기다리고 있었을 뿐이고, 나도 우연히 거기서 비를 피하고 있었을 뿐이야."

"그랬구나."

뭐야, 내 지레짐작이었나.

“후.”

난 숨을 내쉬었고, 자신이 진심으로 안도하고 있다는 걸 깨달았다. 이게 부성이라는 걸까.

“뭐야, 왜 그래 유우 오빠.”

“어? 아아, 아니, 저 남자애가 마히루의 남자 친구인 줄 알고.”

“뭐어?!”

마히루는 알기 쉽게 미간을 찌푸렸다.

“가, 갑자기 무슨 소릴 하는 거야.”

“아니 그치만, 이렇게 밤늦게 저런 곳에서 단둘이 있길래 그만…….”

마히루는 무거운 한숨을 쉬었다.

“전에도 말했지만 나한테 남자 친구 같은 건 없다니깐.”

“그, 그렇구나.”

마히루의 목소리가 약간 언짢은 것처럼 변했다. 남자 친구가 없다는 걸 신경 쓰고 있는 것일지도 모른다.

“마히루.”

“왜?”

“걱정 안 해도 너라면 남자 친구 정도는 금방 생── 아야야야야.”

마히루는 내 볼을 꽉 꼬집었다. 이거 상당한 역린인 것 같다.

“끈질겨.”

“미안 미안.”

난 볼에 욱신거리는 아픔을 느끼면서 차를 출발시켰다.

“밥이라도 먹고 갈래?”
“아니, 괜찮아. 엄마가 집에서 기다리고 있으니까 괜찮아.”
“그, 그렇지. 특집 봤어. 텔레비전에 나오다니 대단하네.”
“아~, 응.”
“물론 녹화해뒀다고.”
“뭐, 뭐어?! 왜.”
마히루는 얼굴을 빨갛게 물들였다.
“그야 하지. 마히루가 텔레비전에 나오잖아.”
“유우 오빠도 참.”
“내일 미야랑 아사카한테도 보여주자.”
미야는 평소 같으면 공부하러 오지만, 오늘은 부활동 회의가 있다고 해서 우리 집에는 안 왔다. 잘은 모르겠지만 문화제에서 상영할 미스터리 영화에 대해 회의한다나.
둘 다 마히루가 지상파에 데뷔했다는 걸 알면 분명 놀랄 것이다. 미야는 알고 있을지도 모르지만.
“아사카는 내일 정오 넘어서 온다고 하니까 마중 나가야겠지. 마히루는 내일도 연습이야?”
“으, 응. 오후부터.”
“그럼 밤 되면 다 같이 밥이라도 먹으러 갈까.”
“그렇네.”
이런저런 이야기를 하는 사이에 류샤쿠가에 도착했다.
“도착했어~.”
옆을 보니 마히루는 내릴 기미가 안 보였다.

"마히루?"

*

"유우 오빠, 역시 아직 집에 안 가고 싶어."

난 창밖을 바라보면서 말했다.

"엉?"

"좀 더 드라이브 하고 싶어."

"음~, 좋아."

유우 오빠와 단둘이 있는 시간이 겨우 10분 정도로 끝나버리는 건 아깝다. 모처럼, 모처럼 단둘이 됐으니까.

"그럼 적당히 달릴까."

유우 오빠는 싫은 내색 한 번 하지 않고 차를 몰아줬다. 난 라인으로 엄마한테 늦는다고 메시지를 보냈다.

우리를 태운 차는 우회로에 들어섰다. 많은 차가 빗속을 달리고 있었다. 도중에 유우 오빠는 편의점에 들러 마실 것을 사줬다.

콜라의 단맛과 탄산의 톡톡 터지는 느낌이 지친 몸에 스며들었다.

연습복 안에 있는 유우 오빠에게 받은 펜던트가 뜨겁다. 피부에 닿고 있는 부분은 차가울 텐데, 왠지 아주 뜨겁다.

우리를 태운 차는 오오츠키선을 야마나시 방면으로 달렸다. 갑자기 다 같이 캠핑하러 갔던 추억이 뇌리에 떠올랐다.

그때는 아직 아사카가 유우 오빠를 노리고 있다는 걸 모르고

다 같이 즐겁게 보냈다. 겨우 몇 주 전 일인데 먼 옛날의 추억처럼 느껴졌다.

유우 오빠는 아사카를 어떻게 생각하고 있을까.

아슬아슬하게 선을 넘기 직전까지 갔는데 지금도 동생 같은 아이로 느껴질까. 유우 오빠가 쉽게 욕망에 넘어가는 사람이 아니라는 건 알고 있지만, 그래도 그런 일이 있었는데 의식하지 않는 건 무리라고 생각한다.

유우 오빠가 아사카의 각오를 받아들이기 전에 어떻게든 해야 한다…….

내일이면 아사카가 이쪽으로 돌아오니까. 분명 또 유우 오빠를 유혹할 것이다. 하지만 무얼 하면 좋을까.

"그러고 보니 홋카이도랑 쿠마모토, 어느 팀으로 갈지 정했어?"

유우 오빠는 물었다.

"……아직, 안 정했어."

"북쪽이랑 남쪽으로 정반대니까. 아스카 씨가 쿠마모토 출신이니까 쿠마모토가 좋으려나."

"아하하."

대답을 얼버무리듯이 난 콜라를 마셨다.

"지금은 일단 고등학교 선수권 대회를 목표로 열심히 해야지."

"그렇네, 우리 때는 1회전 패배였으니까 우리 몫까지 열심히 해줘야지."

"아니, 유우 오빠는 농구부잖아."

"그래도 말이야."

이윽고 차는 아사기리 고원의 휴게소에 들어갔다. 주차장에는 캠핑카와 미니밴이 서 있었다. 비 때문인지 밖에 사람은 없었다.

둘 다 밖으로 나가려고 하진 않았다. 젖기도 싫고, 밤에 내리는 비는 조금 무섭다.

"그러고 보니 텔레비전 촬영이면, 역시 그 북실북실하고 엄청 큰 마이크를 든 사람 없었어?"

"북실북실한 건 안 달려 있었지."

"그런가."

두서없는 이야기를 하고 있을 뿐인데 왜 이렇게 가슴이 뜨거워지는 걸까.

"근데 역시 대단하네, 텔레비전에 나오다니."

"유우 오빠도 텔레비전에 나가고 싶어?"

"아니 전혀."

유우 오빠는 딱 잘라 말했다.

"부끄럽잖아."

"그게 뭐야."

이 시간이 쭉 이어지면 좋을 텐데.

진심으로 그렇게 바라면서 우린 빗속에서 시간을 보냈다.

"——그럼 슬슬 갈까."

"어? 벌써?"

"벌써라니, 벌써 10시야."

"아, 정말이네."

내비게이션의 표시를 보니 시각은 벌써 10시 전이었다.

"집에 갈까."
"응."
즐거운 시간은 순식간에 지나간다고들 하는데, 이야기만 했는데 1시간이나 지나버렸나. 페트병 바닥에 남은 콜라를 다 마시자, 탄산이 다 빠져있었다.
아직 하고 싶은 이야기는 더 많이 있었다.
무엇보다 중요한 이야기를 아직 하지 않았다.
스카우트에 대한 이야기, 아사카에 대한 이야기.
유우 오빠에게만큼은 실업팀에 갈 생각이 없다는 걸 전해두고 싶다.
밤이 늦어서 그런지 돌아오는 길은 한산해서 순식간에 시가지까지 돌아왔다. 빨리 안 하면 금방 집에 도착해 버린다.
무슨 이야기부터 할지 정리해둬야 한다.
머릿속에서 여러 가지 일이 뒤죽박죽 뒤섞였다.
아사카.
스카우트.
쇼난의 밤.
실업팀.
"있잖아, 유우 오빠."
"응~?"
"좋아해."
"……뭐?"

건방진 꼬맹이 카페에 어서 오세요

1

비가 부슬부슬 내린다.

여름 소나기처럼 쏴아 하고 내리는 것도 아니고, 봄비처럼 번개를 동반하지도 않았다. 내리는 걸 미안하게 생각하는 듯한 조용한 비다.

"……비가 오네."

어느새 내리기 시작한 걸까. 다행히 접이식 우산을 가지고 있어서 집에 가는 데 문제는 없지만.

"추, 추워."

자전거를 끌면서 빗속을 걸었다.

겨울이니 추운 건 당연하다. 하지만 평소의 찌르는 듯한 추위와는 또 다른 쌀랑한 냉기가 차 있었다. 어두침침한 하늘에서 쏟아지는 무수한 빗방울. 우산에 떨어지는 단조로운 소리에 섞여 어디선가 원동기의 배기음이 들려왔다.

겨울비는 왜 이렇게나 쓸쓸하게 느껴지는 걸까. 빨리 집에 가서 따뜻한 코코아를 마시고 싶다. 그 일념으로 걸음을 재촉하자 갑자기 옆으로 들이치는 바람이 불어서 비가 덮쳤다.

"우옷."

그렇게 많이 젖은 건 아니지만, 그래도 물방울의 차가움은 몸에 스며들었다.

"후우, 다녀왔습니다."

가게를 통해 귀가했다. 안은 난방이 되어 있어서 차가워진 몸이 천천히 따뜻해졌다. 짐을 빈 테이블에 두고 어머니에게 말을 걸었다.

"엄마~, 코코아 만들어줘."

가게에서 마시면 종업원 할인으로 싼 가격으로 프로의 맛을 볼 수 있으니 직접 인스턴트로 만드는 것보다 좋다. 그러자 어머니는 천장을 가리켰다.

"손님, 주문은 2층에서 받고 있습니다."

"허어?"

대체 무슨 소릴 하는 거지.

"아니 아니, 그러니까 코코아를──."

"유우 오빠! 왔어~?"

계단 쪽에서 미야가 왔다.

"오오, 와 있었냐…… 아니 그 모습은 뭐야."

미야는 머리에 빨간 반다나를 두르고 어린이용 〈문 나이트 테라스〉 앞치마를 두르고 있었다.

"빨리 위에 가자~."

"잠깐잠깐, 먼저 코코아를."

"위에서 해~."

"뭐어?"

미야는 내 손을 잡아끌고 억지로 2층으로 데려갔다.

"어? 뭐야 이게."

내 방 앞에는 박스와 도화지로 만들어진 간판이 기다리고 있었다. 〈문 나이트 테라스 2층 지점〉이라는 크레용으로 컬러풀하게 적혀 있었고, 색종이로 만든 꽃과 달로 장식되어 있었다. 미야는 문을 열고 말했다.

"한 분 안내합니다~."

내 방의 모습이 완전히 달라져 있었다.

"뭐야?"

벽은 색종이로 만든 종이 체인으로 장식되었고, 분위기를 내기 위해서인지 입구 바로 앞에 관엽 식물이 자리 잡고 있었다. 저건 분명 2층 거실에 있었던 것이다. CD 라디오 카세트에서는 여아용 애니메이션 주제가가 나오고 있었고 테이블 한가운데에는 어째서인지 랜턴이 놓여 있었다.

"어서 오세요."

"어서 오세요."

미야와 같은 반다나에 앞치마를 두른 마히루와 아사카가 꾸벅 인사했다. 여기까지 오면 건방진 꼬맹이들이 무엇을 하기 시작했는지 이해는 할 수 있다.

"너희들, 이번엔 카페 놀이냐."

'놀이 아니야, 여긴 〈문 나이트 테라스〉의 지점이야'라며 미야가 말했다.

"주소가 똑같잖아."

이거야 원, 이번엔 대체 어떤 텔레비전 방송에 영향을 받은 걸까. 카페 놀이를 하고 싶으면 1층에 있는 가게에서 하면 될 것을 굳이 내 방을 카페로 개장해버리다니.

"손님, 여기로 오세요."

난 마히루의 안내를 받아 테이블 앞에 있는 리클라이닝 좌식 의자에 앉았다. 이것도 원래는 거실에 있는 것이다.

"여기 물수건입니다~."

아사카가 물수건을 건네줬다. 이건 가게에서 항상 쓰고 있는 것이다. 그렇군, 아버지와 어머니도 이미 협력한 건가. 어머니가 2층에서, 라고 말한 이유를 알겠다.

테이블 위에는 도화지로 만든 메뉴표가 있었고, 그걸 열어보니 카페다운 메뉴가 수기로 적혀있었다.

"자 자, 어떤 걸로 할래?"

미야가 기대에 찬 시선을 보냈다.

"음, 일단 코코아를."

"코코아 하나!"

미야가 소리쳤다.

"예이, 코코아 하나."

주문을 받은 마히루는 재빠르게 방에서 나갔다. 잠시 후, 은 트레이에 코코아가 든 컵을 얹어서 신중한 발걸음으로 돌아왔다.

"오래 기다리셨습니다, 셰프의 변덕스러운 코코아입니다."

컵도 트레이도 가게에서 쓰는 것이다.

"오오, 고마워."

맛도 익숙한 아버지가 만든 코코아 맛이다. 아무래도 주문받은 음료를 만들고 있는 건 1층에 있는 부모님인 것 같다. 뭐, 그건 당연하다면 당연한가.

"과자도 있어요."

아사카의 말을 듣고 난 다음 페이지로 넘겼다. 거기엔 감자칩과 쿠키 등 간단하게 먹을 수 있는 메뉴가 나열되어 있었다.

"어, 그럼 이 쿠키 세트로."

"쿠키 세트 주문 들어왔습니다~."

"네, 알겠습니다."

이번엔 미야가 나갔다. 얼마 지나지 않아 종이 접시에 담긴 쿠키가 왔다. 이건 시판 쿠키 몇 종류를 담은 것이다.

쿠키를 집어먹으면서 코코아를 마셨다. 적당한 단맛과 따뜻함이 의외로 안정되게 해줬다. 코코아를 다 마신 것을 보고 마히루가 다음 주문을 재촉했다.

"손님, 다음은 뭘로 할까요."

"음~, 그렇네."

난 다시 메뉴를 펼쳤다.

사실은 따뜻한 것을 더 주문하고 싶지만, 마실 것을 옮기면서 계단을 오르는 걸 생각하면 만에 하나 떨어뜨렸을 때 꼬맹이들이 화상을 입을 우려가 있다.

"그럼 이 화이트 칼피스에 사이다를 탄 걸로."

"예이, 칼피스 사이다 주문 들어왔습니다."

"네!"

이번엔 아사카가 방에서 나갔다.
"카페 놀이 재밌네."
"그치~."
이거야 원, 이 모양이면 이 녀석들이 만족할 때까지 먹고 마시게 될 것 같군.
예상대로 내 잔이 빌 때마다 꼬맹이들은 새 주문을 요구했다. 차가운 음료를 몇 잔이나 마신 덕분에 배가 출렁거렸다.
아사카가 내 옆에 앉아 부드러운 목소리를 냈다.
"손니임, 저도 음료 마셔도 될까요?"
"야, 그건 다른 가게에서 하는 거라고."
그런 건 어디서 배워온 거냐!
"나도."
"나도."
"그래, 알았어. 좋아하는 걸로 주문해."
"와~."
"와~."
"와~."
카페 놀이는 어느샌가 그냥 과자 파티로 변해버렸다. 실내를 카페 풍으로 개조당한 것과 파르페나 팬케이크 등 평소와는 다른 〈문 나이트 테라스〉의 호화 메뉴가 탁상을 채우고 있는 걸 제외하면 평소대로의 광경이다.
"그러고 보니 유우 오빠, 오늘은 자동차 학원 가?"
미야가 딸기 파르페를 먹으면서 물었다.

"아니, 오늘은 쉬는 날이야."
"그럼 늦게까지 놀아도 돼요?"
아사카는 날 올려다봤다.
"괜찮은데 어두워지기 전에 집에 가야 한다."
게다가 오늘은 비가 내리니까. 오래 머물지 않도록 하는 편이 좋겠지.
"네~."
"네~."
"네~."
그 뒤로 우리는 평소대로 게임을 하거나 TV 애니메이션을 보거나 하면서 놀았다.

2

꼬맹이들을 각각 집에 데려다주고 귀로에 올랐다. 빗발은 약해지긴 했지만, 그래도 아직 조금 내리고 있어서 쌀쌀하다.
"후우."
아직도 배가 땡땡한 느낌이 든다. 달달한 걸 먹고 마시고, 오늘은 저녁밥은 더 이상 안 들어갈지도 모르겠다.
그러고 보니 그 관엽 식물, 내가 돌려놔야 하나. 귀찮다고 생각하며 뒷정리를 걱정하면서 집에 도착했다.
"다녀왔습니다. 오늘 저녁밥은 조금만 먹어도 괜찮아."
내가 계단으로 가면서 그렇게 말하자 어머니는 한 장의 종잇

조각을 건넸다.

"잠깐만요 손님, 계산서 잊어버렸어요."

"어?"

"계산은 용돈에서 뺄까요? 아니면 아르바이트 해서 갚을 건가요?"

잠깐만.

"어? 내가 내는 거야?"

"그야 그렇지."

"아니 하지만, 그 녀석들한테는 항상 주스 같은 거 만들어주고 있잖아."

"그건 아이들이니까 그렇지. 작은 손님을 대접하는 거야. 네가 가게 상품을 먹고 마신 건 따로야."

"무슨——."

화, 확실히 항상 가게에서 마실 것을 주문할 때는 종업원 할인가로 싸긴 하지만 요금을 내고 있었다.

난 두려워하면서 계산서를 훑어봤다. 난 몇 잔을 마신 거냐. 꼬맹이들의 묘하게 능숙한 접객에 넘어가서 상당한 양을 마셨다고…….

일, 십, 백 천…….

"4,204엔?!"

"그래. 어떡할래? 일단 말해두겠는데 미야네 몫은 계산에 안 올렸어."

확실히 계산서에 게재되어 있는 건 내가 주문한 상품뿐이다.

아니, 하지만 4,000엔이 넘는 금액은 고등학생의 지갑에는 타격이 크다.
건방진 꼬맹이 놈들…….
"……아르바이트로."

*

그 후, 〈문 나이트 테라스 2층 지점〉이 오픈하는 일은 두 번 다시 없었다고 한다.

건방진 꼬맹이는 숨고 싶어

1

금요일. 나는 학교에서 집에 오는 도중에 편의점에 들렀다.
"이거랑, 그리고……."
내가 먹을 야식용 컵라면이랑 마실 거랑 어차피 오늘도 꼬맹이들이 있을 거니까 그 녀석들의 간식으로 과자를 사 간다. 감자칩과 초코류 과자를 적당히 바구니에 넣었다.
"감삼다~."
편의점을 뒤로하고 집으로 서둘렀다.
"다녀왔습니다."
가게를 통해 귀가했다.

"어서 와."

오늘은 그렇게 바쁘지 않은지 어머니는 이웃집 부인 손님과 잡담을 하고 있었다. 2층으로 올라가 내 방으로.

"어라?"

문을 연 순간, 난 허를 찔린 것처럼 정지했다. 이런 일이 있다니. 그도 그럴게 방에는 사람 한 명 없는 것이다. 잠잠하게 귀가 따가울 정도의 정적에 휩싸인 실내. 아침에 집을 나설 때와 완전히 똑같은 광경이 눈앞에 펼쳐져 있었다.

"뭐야, 그 녀석들 안 왔나."

분명 건방진 꼬맹이들이 있을 거라 생각하고 있었다.

희한한 일이 다 있다. 평소엔 꼬맹이들이 내 방을 마치 자기들 방인 것처럼 멋대로 점거하고 있지만 아무래도 오늘은 아직 안 온 모양이다.

한 번 왔다가 돌아간 것도 아닌 것 같다. 그 녀석들이 왔으면 보통 침대는 어질러져 있고 게임을 했거나 만화책을 보거나 한 흔적이 남아있을 것이다. 그런 흔적이 없다는 건 그 녀석들이 아직 안 왔다는 건가.

테이블에 편의점 봉투를 두고 블레이저를 벗었다. 침대 끄트머리에 앉아 머리맡에 있는 읽다 만 문고본을 들었다.

시각은 오후 3시 반. 꼬맹이들은 이미 학교를 마친 시간일 텐데. 어쩌면 하루야마네 집 쪽에서 놀고 있을지도 모른다.

뭐 됐다. 그 녀석들이 없으면 없는 대로 조용하고 자유로운 시간을 보낼 수 있으니까.

난 감자칩 봉투를 뜯고 독서를 시작했다.

몇 분 후, 우당탕탕 하는 발소리가 들렸다. 난 문 쪽을 홱 봤다. 내 예상대로 잠시 후 문이 열렸다—— 하지만,

"유우."

나타난 건 어머니였다.

"뭐야, 엄마네."

"뭐야는 뭐야."

"왜?"

"잠깐 회람판 좀 돌리고 와줄 수 있어?"

"에엑, 내가?"

"아빠도 엄마도 바빠."

"어쩔 수 없네."

마지못해 일어선 뒤, 이웃집에 회람판을 돌리고 방에 돌아왔다. 자, 다시 독서를 하자.

파삭파삭.

"어라?"

벌써 이렇게 먹었었나.

파삭파삭.

독서에 너무 집중했나?

파삭파삭.
파삭파삭.

"……."
난 옷장 앞에 서서 힘차게 좌우로 열었다.
"우왓, 들켰다."
거기엔 입안 가득 감자칩을 채워 넣은 마히루가 숨어있었다.
"뭐 하고 있냐, 너."
"우우읍, 어떻게 알았어."
"당연히 알지! 파삭파삭파삭파삭파삭파삭파삭파삭, 소리 엄청 났다고."
"젠장~."
그때 베란다의 창문이 확 열렸다.
"마히루, 들켰구나."
역시나 감자칩을 입에 채워 넣은 미야가 방 안에 들어왔다.
"우왓, 미야, 너 왜 그런 곳에."
잠깐만, 이 녀석들 둘이 있는데 아사카가 없을 리가 없다.
"야, 아사카, 어디 숨어있는 거야."
"여기에요."
발밑에서 소리가 들린다 싶었는데, 침대 아래에서 아사카가 쑥 나왔다.
"우왓. 까, 깜짝이야."

"에헤헤."
"야 야, 머리카락에 먼지 묻었어."
아사카의 몸에 붙은 먼지를 털어줬다.
"뭐야, 너희들 언제부터 있었어."
'유우 오빠가 집에 왔을 때부터 있었어'라고 말하는 마히루.
"계속 숨어 있었어요."
"진짜냐…… 아니, 신발이 현관에 없었는데?"
"베란다에 숨겼어."
미야는 창문 쪽을 봤다.
"후후훗."
그리고 미야는 양손을 짜 맞춰 인을 맺었다.
"우리는 닌자다."
"닌자?"
"마히루, 아사카, 임무는 실패다. 일단 물러난다."
"응."
"응."
"야, 야 너희들."
재빠르게 방에서 나가는 꼬맹이들. 이거야 원, 이번엔 닌자에 영향을 받았나. 알기 쉬운 녀석들이다. 나갔나 싶었는데 셋은 맥없이 돌아와서,
"신발 잊어버렸어."
겸연쩍은 듯이 베란다에 있는 신발을 가져갔다.
"너희들, 닌자 놀이 하냐."

닌자.
그것은 말 그대로 숨는 자*.
그래서 내 방에 몰래 들어와 숨을 죽이고 숨어 있었던 건가.
이런 것과는 약간 다르지만, 나도 옛날엔 자주 닌자 놀이를 했었지. 모 닌자 만화에 영향을 받아 늘 인을 맺는 연습을 했었다고. 그립다.
"그럼 좋은 게 있어."
난 옷장 안쪽에서 어렸을 적의 장난감이 들어있는 케이스를 꺼냈다. 꺼낸 것은 쿠나이 장난감이다. 이건 그 모 닌자 만화 애니메이션의 식품 완구인데 내가 어렸을 때 모으던 것이다. 그 외에도 수리검과 이마 보호대, 개구리 형태를 한 지갑 등, 다양한 닌자 놀이 물품이 나왔다.
"앗, 좋겠다."
미야가 달려들었다.
"유우 오빠, 나도 줘."
"잠깐 잠깐, 이건 닌자왕인 내 거야. 이걸 갖고 싶으면 닌자답게 이 방에 숨어서 빼앗으러 오라고."
"뭐라고."
마히루가 말했다.
"자신 없냐? 엉터리 닌자 녀석."
"제길~, 얘들아 일단 돌아가서 작전 회의다."
"오~."

*닌자의 한자인 忍者에서 忍은 일본어에서는 '숨다'라는 뜻도 있다.

"오~."

2

미야, 마히루, 아사카 세 사람은 하루야마가에서 작전을 짜고 있었다. 색종이로 닌자 무기인 수리검을 접으면서 닌자왕 '아리츠키'를 처리할 암살 작전을.

"유우 오빠는 방에서 기다리고 있을 것 같은데."

"그러니까 우선은 내가 돌격해서 유우 오빠를 붙잡아둘 테니까 미야는 뒤에서 수리검으로 지원을 부탁할게."

"알았어."

"아사카는 그 틈에 방 안쪽에 숨어 들어서 유우 오빠를 뒤에서 베는 거야."

"응."

아사카는 신문지를 말아서 만든 칼을 꼭 쥐었다.

"좋아, 가자."

미야가 일어서자 마히루, 아사카도 뒤따랐다.

"오~."

"오~."

그렇게 셋은 적의 본거지인 〈문 나이트 테라스〉에 숨어 들었다. 주머니에 채워 넣을 수 있는 만큼 종이 수리검을 채워 넣고, 양팔에는 박스로 만든 팔 보호대를, 그리고 허리에는 신문지를 만 칼을.

꼬맹이 닌자…… 다시 말해서 쿠노이치단은 가게가 아닌 현관을 통해 안으로 들어갔다.

"쉿."

미야는 검지를 입에 댔다. 어디서 적이 나올지 모른다. 살금살금 침입하는 거다. 적에게 침입을 들키지 않도록 조용히 나아갔다. 계단 앞까지 온 세 사람은 위를 봤다.

"여기부터는 한 번에 간다."

미야가 말하자 마히루가 먼저 앞으로 나왔다. 허리에 칼을 차고 천천히 계단에 발을 걸쳤다. 미야와 아사카는 수리검을 손에 들고 마히루의 뒤를 따라서 계단을 올라갔다.

삐걱.

"!"

"!"

"!"

층계참까지 올라갔을 때 계단이 삐걱대는 소리가 정적 속에 울렸다. 지금 난 소리로 이쪽이 침입했다는 걸 적에게 들켰을지도 모른다. 닌자에겐 희미한 소리조차 치명적이다.

"……."

다행히 적이 모습을 드러내는 일은 없었다. 아직 알아차리지 못한 것 같다.

"좋아, 가자."

"응."
"응."
셋은 계단을 다 올라가기 직전에 걸음을 멈췄다. 마히루는 벽에 몸을 붙이고 복도를 엿봤다.
"앗."
"왜 그래, 마히루."
"위험해, 함정이 설치돼있어."
목적지인 아리츠키의 방으로 가는 복도에는 마름쇠가 뿌려져 있었다. 물론, 이건 아리츠키가 어렸을 적에 가지고 놀던 고무 마름쇠라서 안전성은 보증되어 있다. 그래도 밟으면 꽤 아프다.
"아얏."
"미야, 큰 소리를 내면 적한테 들켜."
"그치마안…… 아파."
"크, 닌자왕 이 자식."
세 사람은 최대한 마름쇠를 밟지 않도록 신중하게 복도를 걸었다.
그렇게 어떻게든 방 앞까지 도달한 셋은 문의 좌우를 끼듯이 해서 돌격 준비를 했다.
"작전대로 내가 돌입할게. 지원 부탁할게."
"응."
"맡겨줘."
그리고 마히루는 단독으로 방에 들어갔다.
"이얍~…… 어라?"

하지만 거기에 적의 모습은 없었다.

아무도 없는 실내에서 마히루는 신경을 곤두세웠다. 그리고 그녀의 시각은 부자연스럽게 흔들리는 커튼을 포착했다——.

"거기다~."

마히루는 신문지 칼로 커튼을 힘껏 쳤다. 확실한 느낌이 있었다.

"크악."

아리츠키는 방과 베란다의 경계에 있었다. 창문을 다 열고 창틀 부분에 서서 숨어 있었던 것이다.

"잘도 왔구나, 엉터리 닌자."

신나게 악역을 연기하는 아리츠키. 손에는 쿠나이를 들고 반다나를 둘러 입가를 가렸다. 그리고 머리에 두른 이마 보호대. 아리츠키는 신이 났다.

"에잇."

작전대로 수리검으로 지원하는 미야. 하지만,

"아얏."

"앗, 미안, 마히루."

미야와 아리츠키를 잇는 직선상에 마히루가 있다는 위치 관계 때문에 수리검은 전부 마히루의 등에 명중하고 말았다. 그리고 아리츠키가 베란다를 등지고 있어서 아사카도 뒤를 못 잡고 있었다.

"흐하하하하."

아리츠키는 작전대로 움직이지 못하는 꼬맹이 쿠노이치단의

빈틈을 찔러 마히루를 끌어안았다.
"우와아."
"마히루!"
"마히루."
"이 녀석은 인질이다. 얌전히 항복해라."
"큭, 비겁하다."
"마히루!"
"자, 이 녀석의 목숨이 아깝다면 무기를 전부 버리고 항복해라."
마히루를 방패로 삼듯이 안는 아리츠키.
"포기할 수밖에 없나."
미야가 손에 든 수리검을 바닥에 버리고 아사카도 칼을 집어넣었다. 이제 투항하는 것 외에는 방법이 없다.
"후후훗, 나쁘게 대하진 않는다고."
그 순간——.
"에잇."
마히루는 칼을 거꾸로 쥐고 자신의 다리 사이를 향해 찔렀다. 그곳에 있는 것은 아리츠키의——.
"푹."
고간에 찌르기를 맞은 아리츠키는 참지 못하고 마히루를 놓았다.
"좋아."
"크아아아아아아아아아아."
선명하게, 그리고 서서히 퍼지는 둔한 고통에 몸부림치는 아리츠키. 그는 자연스러운 본능 때문인지 베란다로 후퇴했다. 꼬맹이 쿠노이치단은 그 순간을 놓치지 않았다.

마히루는 재빠르게 창문을 닫고 잠갔다.

꼬맹이 쿠노이치단은 악을 내쫓는 데 성공하고 승리를 거두었다.

*

"쿠오오오오오오오."

저, 저 건방진 꼬맹이 놈들. 거긴 반칙이잖아. 고간의 고통이 가실 때까지 3분 정도의 시간이 필요했다.

"끄으."

이렇게 됐으니 그 비밀병기로 혼쭐을 내주지.

난 창문에 손을 댔다.

철컥.

"응?"

잠겨있다. 이 녀석들, 날 쫓아낸 건가.

"야, 열어."

그러자 커튼이 걷히고 건방진 꼬맹이들이 의기양양하게 서 있었다.

"후후훗, 들여보내주길 원한다면 패배를 인정하라고."

마히루가 말했다.

"뭐야?"

“우리의 승리다.”

“끄으응. 야, 열라고.”

난 창문을 두드리거나 흔들거나 했지만 꼬맹이들은 히죽거리기만 했다.

젠장, 이대로 패배로 끝낼까 보냐.

베란다에서 지상으로 내려가 다시 집 안으로 들어오면 아직 승기는 있다. 높이는 3미터도 안 되니까 매달려서 뛰어내리면 괜찮겠지.

그렇게 난 베란다에서 몸을 내밀었다.

“응?”

그때 얼굴이 파랗게 질린 이웃집 아줌마와 눈이 마주쳤다. 마치 무서운 것을 보고 있었던 것처럼 눈을 크게 뜨고 겁먹은 것처럼 손을 입에 대고 있었다.

“아, 도.”

“도?”

“도, 도둑.”

“어?”

난 뒤늦게 자신의 현재 모습을 깨달았다. 입가를 반다나로 덮고 이마 보호대를 두르고 있는 모습은 꼭 얼굴을 숨기고 있는 것 같지 않은가. 그리고 방금까지 창문을 쾅쾅 두드리거나 흔든 모습은 그야말로 도둑 그 자체…….

“아, 아니야, 아줌마. 나야.”

난 이마 보호대와 반다나를 풀고 맨얼굴을 보였다. 하지만 이미 늦어서 아줌마는 가게 안에 들어간 뒤였다.

"아리츠키 씨~, 강도야~!"

*

이후 어머니에게 엄청 혼났다.

1

"좋아해."

왜 그 말이 나와버렸는가. 스스로도 잘 모르겠다. 아사카나 스카우트에 대해 말하려고 했을 텐데, 내 입에서 나온 말은 스스로도 전혀 예상치 못했던 말이었다.

내일이면 아사카가 돌아온다는 초조함?

아사카가 없는 사이에, 내일 아사카가 이쪽에 오기 전에 자신의 마음을 드러내려고 한 걸까. 잘하면, 유우 오빠가 마음을 받아준다면, 그런 어설픈 생각이 날 움직이게 한 거야?

아니면 스카우트에 응할 생각이 없다는 이야기를 하기 전에, 왜 후지노미야를 떠나고 싶지 않은지 그 이유를 먼저 말해야만 한다고 생각한 거야?

어쨌든 난 이미 말해버렸다. 자신의 마음을. 쭉 숨기고 있던, 알려지지 않도록 해온 이 마음을.

좋아한다.

난 유우 오빠가 좋다.

단 한마디를 한 것만으로도 온몸이 불타는 것처럼 뜨거워지고 심장이 아플 정도로 세게 고동쳤다. 호흡이 거칠어졌나 싶었는데, 숨이 잘 쉬어지지 않고 몸이 말을 듣지 않았다.

아아, 아사카도 분명 이런 기분이었겠구나.

자신의 마음을 목소리를 내서 상대에게 전한다. 난 무의식중에 흘러넘친 것처럼 말해버렸지만, 아사카는 결심한 끝에 겨우 전했으니까 더 괴로웠을 것이다.

고백이라는 것은 간단한 일이 아니고, 무엇보다 혼자서는 성립되지 않는다. 상대가 받아들여줘야 비로소 그 행위에 의미가 생기니까.

난 운전석 쪽으로 고개를 돌렸다. 거기엔 당황한 유우 오빠의 얼굴이 있었다.

"……뭐?"

입을 반쯤 딱 벌리고 초점이 맞지 않는 시선으로 날 바라보는 유우 오빠. 믿을 수 없는 것을 보듯이, 마치 이해가 안 된다는 듯이…….

그 표정을 보고 내 몸을 지배하고 있던 열은 스윽 사라져 갔다. 대신 한겨울 바다에 뛰어든 것처럼 마음이 얼어 붙어가는 걸 느꼈다.

격렬한 후회가 부글부글 끓어올라 마음을 뒤흔들었다. 그 진동은 이윽고 내 몸에 전해졌고, 입술이 추위를 탈 때처럼 떨리기 시작했다.

"아……."

왜 이런 말을 해버린 것인가. 입술이 떨려서인지 목소리를 잘 낼 수 없었다.

"아, 그……."

좋아한다는 건 다른 걸 좋아하는 것이라고 얼버무리자고 순간

적으로 생각했지만 아무것도 떠오르지 않았다.

"그, 그게."

차의 지붕을 때리는 빗소리가 점점 커져서 날 집어삼키려고 했다. 그 후 우리는 말이 없는 채로 있었지만, 유우 오빠는 명백하게 동요하고 있었고 그건 나도 마찬가지였다.

이윽고 내 집 앞에 차가 섰다.

"……."

"……."

유우 오빠는 한순간 비스듬히 아래를 봐서 나와 시선을 마주쳤다. 그리고 말하기 어려운 듯이 입을 열었다.

무섭다.

후회의 소용돌이가 진정된 후에 마지막으로 남은 감정이 그거였다.

"이, 있잖아, 마히루."

대답을 듣는 게 무섭다.

유우 오빠의 반응을 통해 오빠가 날 연애 대상으로 보지 않는다는 것을 잘 알았다. 유우 오빠는 분명 나 같은 사람한테 고백받아도 기쁘지 않은 거구나.

그러니 유우 오빠는 분명 날 찰 것이다.

그 말을 듣는 게 무섭다.

유우 오빠에게 **거절**당하는 게, 무섭다.

정신을 차리고 보니 난 문을 열고 차에서 뛰쳐나가고 있었다.

비를 맞으면서 집 현관문에 달려들어 뒤도 돌아보지 않고 안에 들어갔다.

"하아, 하아."

"마히루, 집에 온 거야~?"

엄마의 목소리가 거실에서 들려왔다.

"유우 군이 데려다준 거야? 밥은 먹었어?"

"……아직."

엄마가 현관까지 마중을 나왔다.

"정말 그렇게 다 젖어서는, 먼저 목욕하고 오렴."

"……응."

탈의실에 들어가 젖은 옷을 벗어던졌다. 유우 오빠에게 받은 펜던트는 놀라울 정도로 차갑게 느껴졌다. 비에 젖었기 때문인지 울고 있는 건 엄마에게 안 들켰다. 욕조에 몸을 담갔다. 이대로 끝없이 가라앉고 싶은 기분이다.

*

마히루가 한 말이 머리에서 떠나지 않았다. 〈문 나이트 테라스〉 앞에 있는 주차장에 차를 세운 채로 난 방금 전의 대화를 떠올리고 있었다. 아니, 그건 대화라 할 정도로 복잡하지 않았다.

단 한마디. 그녀는 분명 이렇게 말했다.

좋아해, 라고.

처음엔 무슨 말인지 전혀 이해가 안 됐다.

마시고 있던 콜라가 좋다던가, 비 오는 밤에 하는 드라이브가 좋다던가, 지금 나오고 있는 곡이 좋다던가, 필사적으로 그 말에 들어맞는 것을 찾으려고 했지만 절대로 그런 것들이 아니라는 것만큼은 알고 있었다.

그 빨개진 얼굴. 단둘이라는 상황. 그리고 좋아한다는 말. 아무리 둔감한 남자라도 그것들이 의미하는 바를 이해하지 못할 리가 없을 것이다.

마히루가 날 좋아해?

그 사실을 깨달았을 때, 머리가 말 그대로 새하얘져서 하마터면 사고를 일으킬 뻔했다.

나도 귀여운 동생으로서 마히루가 좋다. 미야와 아사카도 똑같이 귀여운 동생으로서 좋아한다. 나의 이 마음은 연애 감정이 아닐 것이다. 왜냐하면 그 녀석들은 아직 고등학생이니까.

쇼난에서 아사카에게 이성으로서 좋아한다는 말을 들었을 때, 난 심하게 당황했다. 하지만 지금 난 그때 이상으로 당황하고 있다.

마히루가, 아니, 마히루이기 때문에…….

아사카와 쇼난의 밤 사건을 겪은 이후로 꼬맹이들과의 거리감을 이상하게 의식한 적도 분명 있었지만, 그건 그저 아사카의 연애 감정을 알아차리지 못했기 때문에 내가 과하게 의식한 것으로만 생각하고 있었다.

언제나 활기차고 모두에게 웃음을 주고 부활동에서는 동료를 이끄는 주장으로서 노력하는 마히루. 꼬맹이 시절부터 내면이 전혀 변하지 않아 도쿄에서 후지노미야시에 돌아온 후에도 쭉

친숙한 존재였던 마히루.

믿을 수 없다는 게 솔직한 심정이었다. 설마 마히루가 날 그런 대상으로 보고 호감을 품고 있을 줄이야.

그야, 거리감이 없기도 하고 신체 접촉이 많은 등 알고 지내는 남녀 사이치고는 너무 가까운 면은 있었다. 하지만 그건 10년 전의 관계가 있었기에 남매처럼 지내는 것이라고, 적어도 난 그렇게 인식하고 있었다.

"……마히루."

류샤쿠가에 도착하자 마히루는 바로 차에서 내려버렸다. '좋아해'라고 중얼거린 뒤로는 아무 말도 하지 않았다. 내가 아무런 반응도 하지 못한 것에 화가 났는지 도망치듯이 문을 열고 나갔다.

그녀의 고백에 바로 대답하지 못한 스스로가 한심하지만, 지금 이 순간에 명백한 대답을 할 수 있냐고 물어보면, 고개를 끄덕이는 것은 어렵다.

아사카가 머릿속에 떠올랐다.

아사카도 나에게 연모의 정을 품고 있고, 그에 대해서도 아직 제대로 된 답을 내지 못했다.

다만 일관된 생각은 있다. 아사카도 마히루도 어렸을 때부터 알고 있는 동생 같은 존재이고 나하고는 나이 차이도 많이 나는 데다가 두 사람은 현역 여고생.

그런 요소들이 내 마음에 제동을 걸고 있다.

결국 둘은 아직 아이이다. 물론 그녀들의 마음을 무시할 생각은 없지만…….

난 어떻게 해야 하지.

그녀들의 마음을 받아들이려면…… 아니, 그보다 더 중대한 문제가 있지 않은가.

아사카와 마히루.

어느 쪽을……?

일본은 일부일처제다. 설령 내가 그녀들의 마음을 받아들일 각오를 했다 하더라도 선택할 수 있는 건 둘 중 한 명뿐…….

아니, 이런 생각을 하기에는 아직 이를 것이다.

차에서 내리자 양동이를 뒤집은 것 같은 폭우가 내 온몸을 적셨다. 비와 바깥 공기의 차가움에 몸이 떨리는데 마음은 끓어오르는 기름처럼 뜨거웠다.

아무튼 우선 마히루랑 대화를 해야 한다. 테라스석 지붕 아래에서 난 스마트폰을 꺼내 마히루에게 전화를 걸었다. 하지만 귀에 들리는 것은 빗소리와 호출음뿐.

옆으로 몰아치는 바람이 비를 테라스까지 날랐다. 비에 젖으면서 한동안 계속 전화를 걸었지만 마히루가 전화를 받는 일은 없었다.

2

'난 수행을 해서 강해졌다.'

'나, 이런 거 갖고 싶었어.'

'으아~, 해내겠어. 내년에야말로 1등이다.'

'흐흥, 나한테 무서운 건 없거든.'

어린 마히루와의 추억이 마치 홈비디오를 보는 것처럼 머릿속에서 재생되었다. 활기차고, 가끔씩 장난스럽게 날 휘두르고, 미야와 아사카의 리더 같은 존재였던 마히루.

비는 어느새 그친 듯했다. 조용한 밤의 정적에 새소리가 호~ 호~ 하고 울렸다.

시계를 보니 시각은 오전 0시를 넘겼다. 그 후로 마히루에게 몇 번이나 전화를 걸거나 라인을 보내거나 했지만 대답은 전혀 없었다.

그리고 다음 날, 토요일.

어젯밤에는 좀처럼 잠들지 못하고 자다 깨다를 반복해서 머릿속에 몽롱한 졸음과 권태감이 남아있었다.

오늘은 날씨가 그다지 좋지 않다. 쥐색 구름이 하늘을 덮고 약간 후텁지근했다. 9월도 후반에 들어갔지만 아직 여름의 여운이 남아있었다.

점심때까지 가게에서 일하고 정오에 아사카를 마중하러 역까지 갔다. 역에서 가깝기도 해서 보통은 걸어서 가지만, 류샤쿠가에 들를 생각이라 차를 꺼냈다.

어제 마히루의 고백은 너무 갑작스러워서 아무 대답도 하지 못했다. 그렇다고 해서 지금 당장 확실한 대답을 할 수도 없지만, 아무튼 마히루와 만나지 않으면 어쩔 도리가 없다.

초인종을 누르자 잠시 뒤에 아스카 씨가 얼굴을 비쳤다.

“어머, 유우 군.”

뒤쪽에서 세 마리 개가 종종걸음으로 다가왔다.

“어제는 고마워. 마히루를 데려다줘서.”

“아니에요, 그래서 마히루는?”

“아아, 부활동 갔어. 오늘은 아침부터 하루 종일 한대.”

“그런가요.”

말하고 나서 알아차렸다. 어제 마히루는 부활동이 오후부터라고 했을 텐데…….

그런 내 의문이 전해졌는지 확실하지 않지만, 아스카 씨는 주석을 달듯이 설명했다.

“사실은 오후부터였지만 종일 연습으로 바뀌었대.”

“그, 그런가요.”

그 후, 가벼운 잡담을 하고 류샤쿠가를 뒤로 했다. 결국 마히루와는 못 만났다. 부활동이 끝날 때까지 기다리는 수밖에 없나. 류샤쿠가에서 그대로 역으로 가서 주로 셔틀버스가 오는 구역에 차를 댔다.

역 북쪽 출입구 벤치에 앉아 기다리고 있으니 아사카가 왔다.

“유우 오빠.”

“어, 어어, 아사카.”

“기다렸죠.”

핑크색 블라우스에 검은 리본이 가슴에 장식되어 있고 검은 롱스커트는 무릎 아래가 비쳐 보여서 요염한 분위기를 자아내고 있었다. 게다가 블라우스는 겨드랑이 아래 부분만 파낸 것 같은 구조로 되어 있었다.

"아직 더운 날이 이어지고 있네요."

아사카가 그렇게 말하고 한 손을 들어 앞머리를 매만지자 아름다운 겨드랑이가 드러났다. 딱 내 눈높이에 드러난 하얀 겨드랑이.

난 허둥대며 일어섰다.

"자, 갈까."

"네."

"밥 먹었어?"

"아뇨, 아직이요."

"그럼 뭐 먹고 갈래?"

"다른 가게보다 〈문 나이트 테라스〉에서 먹고 싶은 기분이에요."

"그런가. 알았어."

아사카는 차에 타더니 나를 보고 말했다.

"유우 오빠, 다크서클이 생겼어요. 잠 못 잤어요?"

"응, 어어. 좀."

어제 일은 아직 아무한테도 말 안 했는데, 아사카에게만큼은 말할 수 없겠어. 아사카에게 고백을 받은 입장인 데다가 제대로 된 답을 해준 것도 아니다(아사카는 그래도 좋다고 생각하고 있는 것 같지만). 그런 와중에 마히루한테도 고백을 받았다는 말은 입이 찢어져도 아사카에게는 말할 수 없다.

아사카와 마히루는 옛날부터 자매 같은 친구지만, 모든 사정을 알고 있는 내 입장에서 보면 지금 둘은 연적 같은 존재다.

만약 서로가 서로의 연심을 알고, 날 두고 둘의 사이가 험악해지기라도 하면, 벌써부터 속이 따갑다. 둘 다 나에겐 귀여운 동생 같은 아이다.

"그러면 안 돼요. 잠은 잘 자야죠."

"어, 어어."

"어디서 쉬었다 갈래요?"

"쉰다니, 가게에서 자면 가게에 폐가 되잖아."

"자는 게 목적인 곳이면 되잖아요? 예를 들면——."

아사카는 입술에 검지를 대고 쪽 하는 소리를 내며 곁눈으로 날 보았다.

"호텔이라던가."

"뭐?!"

"침대도 있고, 욕실도 있어요. 쉬는 데 딱이에요."

"바, 바보 같은 소리 하지 마."

"우후후, 농담이에요."

키득대며 웃는 아사카.

이 녀석이 말하면 농담이라도 농담으로 안 들린다.

"자, 가요."

"그래."

차를 몰아 〈문 나이트 테라스〉로 돌아갔다.

그때 난 어떤 것을 깨달았다.

쇼난의 밤에 아사카가 나에게 고백한 것은 **나와 아사카밖에 모르고**, 어젯밤에 마히루가 나에게 고백한 것도 **나와 마히루밖**

에 모른다.

만약 마히루가 나에 대한 일로 고민하면 친구에게 상담하는 일이 생길지도 모른다. 옛날부터 친한 친구인 아사카에게 상담하는 건 충분히 생각할 수 있고 자연스러운 일이다. 만약 그렇게 되면 그 시점에 아사카는 마히루가 나에게 고백한 것을 알게 될 것이다. 그리고 그 반대 또한 마찬가지다.

현재 이 뒤틀린 삼각관계의 전모를 알고 있는 당사자는 나뿐. 그리고 어떤 답을 내는지에 대한 책임도 나에게 있다.

위장에 구멍이 뚫릴 것 같다. 이런 건 대체 어떻게 해결하면 좋지.

둘을 거부할 생각은 없지만 어느 한쪽을 고르면 남은 쪽을 거절하게 되는 것은 당연한 일. 그렇게 되면 선택받지 못한 쪽은 마음에 깊은 상처를 입어 지금까지처럼 사이좋게 지내는 건 어려워질 것이다.

아사카도 마히루도 나에겐 아까울 정도의 미소녀이고, 여자로서의 매력은 비교할 수 없다. 연애 경험이 없는 내가 두 사람의 구애를 동시에 다 받아낼 수 있을 리가 없다.

어떡하면 좋지.

"그, 그러고 보니, 아사카."

"네?"

"마히루는 오늘 하루 종일 부활동을 한대."

넌지시 마히루 이야기를 해봤지만,

"그런가요. 그래도 밤에는 끝날 테니까 다 같이 밥이라도 먹으러 가요."

"그, 그래. 그렇네."

아사카의 반응은 평소와 다르지 않았다. 마히루가 아사카에게 상담 같은 건 안 한 모양이다. 확실히 어제 있었던 일인데 아직 상담 같은 건 안 하겠지. 난 한숨 돌렸다.

마히루는 지금 무슨 생각을 하고 있을까. 아무튼 한번 만나서 이야기를 하고 싶지만, 어떤 얼굴로 마히루를 보면 좋을지 불안감이 가득했다.

"도착했어."

그리고 우린 〈문 나이트 테라스〉로 돌아왔다.

"아저씨, 아주머니. 이거 선물이에요."

"어머나, 고마워."

"고맙다."

아사카는 카나가와에서 산 선물을 아버지와 어머니에게 줬다. 그리고 점심으로 파스타를 주문하고 한창 먹고 있을 때 미야가 왔다.

"아, 아사카 벌써 와있었구나. 아저씨~, 저도 일본풍 파스타랑 아이스커피."

미야는 우리 테이블에 앉더니 가져온 가방에서 공부 도구를 꺼냈다.

"미야, 벌써 공부하는 거야?"

"응, 오늘은 오전 내내 미소라랑 애들이랑 놀아서 오후엔 열심히 공부할 거야."

이야기를 들어보니 미소라, 타츠키, 메이 세 명이 하루야마가에서 놀고 있었기 때문에 그 상대를 했다고 한다. 미야는 아이들을 상대하는 게 얼마나 힘든지 이야기했다.

"밥 먹고 나서 하지?"

"안 돼 안 돼, 약간의 시간이라도 낭비할 수 없으니까."

그렇게 말하고 맨 먼저 나온 아이스커피를 한 입 마시고 멋진 표정을 만드는 미야.

"……미야, 그건 평소부터 시간을 유용하게 쓰고 있는 사람이 해야 할 말이라 생각하는데?"

"시, 시끄러."

그 후 미야는 느긋하게 아이를 상대하는 가혹함에 대해 이야기했는데, 막상 샤프를 쥔 순간에 주문한 간 무를 얹은 일본풍 파스타가 나왔다.

"——우와아, 맛있겠다."

결국 요리를 기다리는 시간에 공부는 전혀 안 했다. 식사를 마치고 우리는 2층으로 올라갔다. 미야는 내 방에서 공부한다고 해서 우리는 방해되지 않도록 거실에 자리를 잡았다.

"유우 오빠, 어딘가 놀러 가고 싶어요."

아사카는 말했다.

"놀러 가고 싶다니."

솔직히 지금은 놀러 갈 기분이 아니었다. 마히루가 걱정돼서 참을 수가 없었고, 아까 깨달아버린 나와 아사카 그리고 마히루의 뒤틀린 삼각관계를 어떻게 해결하면 좋을지 생각하느라 머리가 가득 찼다.

"있잖아, 유우 오빠."

아사카는 테이블 아래에서 내 손을 잡았다. 그때,

"놀러 가는 거면 나도 가고 싶어!"

문에 미야의 모습이 있었다. 아사카는 살짝 손을 놓았다.

"미야, 공부는?"

아사카가 아이에게 주의를 주는 어머니처럼 나무랐지만 미야는 태평한 목소리로,

"평일에 하고 있으니까 괜찮아, 괜찮아."

"뭐, 확실히 항상 내 방에서 늦게까지 공부하고 있으니까."

아마 모처럼 아사카와 만나서 약간의 시간이라도 같이 있고 싶을 것이다. 평소엔 진지하게 공부에 열중하고 있으니 주말 정도는 너그럽게 봐줘도 괜찮을 것이다.

"……흐~음."

결국 외출하는 분위기가 돼버렸다.

"그래서 어디 갈래?"

미야는 우리에게 물었다.

"전 어디든 괜찮아요."

"그럼 노래방! 요즘 안 갔단 말이지."

미야가 손을 들고 제안했다.

"그럼 노래방에 가도 괜찮은가."

"전 좋아요."

그렇게 우리는 근처 노래방으로 향했다. 이 가게는 예전에 시

○스였지만 내가 후지노미야에 돌아왔을 무렵에는 카라○케관이 되어 있었다.

"그립네요, 옛날에 넷이서 자주 왔었죠."

아사카는 파란 간판을 아련한 눈으로 올려다봤다.

"처음 왔을 때는 너희 둘이 미아가 됐었지."

"그랬나? 아사카랑 마히루 아냐?"

접수를 끝내고 드링크바에서 마실 것을 준비해서 방으로 갔다.

"나 먼저 화장실 갔다 올게."

"그럼 가져갈게."

아사카가 미야의 음료를 받았고, 우리는 둘이서 방에 들어갔다.

내가 소파 한가운데에 앉자 아사카는 굳이 내 쪽을 보면서 내 무릎 위를 지나 옆에 앉았다. 커다란 가슴이 눈앞을 지나갔다.

"야, 야. 테이블을 돌아서 가면 되잖아."

"그치만 멀리 돌아가야 하는걸요."

"그래도."

"유우 오빠, 역시 오늘은 기운이 없네요."

아사카는 내 옆에 앉아서 얼굴을 들여다봤다. 어두컴컴한 실내에서 그녀의 눈동자가 이상하게 빛을 내는 것처럼 느껴졌다. 모든 것을 꿰뚫어 볼 것만 같은 시선이 날 향했다.

"그런 거 아니야."

"그런가요? 기운이 없는데 침착하지도 않아서요."

"어?"

"시선이 여기저기로 흔들리기도 하고, 안절부절못하기도 하고."

"괘, 괜찮아."

"정말이에요? 고민이 있으면 들을게요. 전 유우 오빠 편이에요."

아사카는 그렇게 말하고 또 내 손을 부드럽게 잡았다.

"무슨 일 있었어요?"

마음속에 매끈하게 들어와 천천히 얽어매는 듯한 달콤한 목소리.

잠깐만?

이 녀석, 사실은 전부 알고 있는 게 아닐까. 알고 있으면서 떠보고 있는 건 아닐까. 아니 아니, 아무리 그래도 그건 아니다. 난 어젯밤 일은 누구에게도 말하지 않았다.

그렇게 의심하는 건 분명 나에게 꺼림칙한 마음이 있기 때문일 것이다.

두 소녀가 나에게 호의를 품었고, 그걸 각자에게 숨기고 있는 데다가 나는 명확한 답을 내지 못하고 있다.

"다녀왔습니다~."

미야가 돌아왔다. 아사카는 몸을 스윽 떨어뜨렸다.

"자~, 노래하자."

미야도 내 옆에 앉아서 난 그녀들 사이에 끼어있게 되었다. 미야는 리모컨을 조작하면서 선곡을 시작했다. 그 후 한동안 미야와 아사카는 번갈아 가며 노래를 했고, 둘이 졸라서 나도 가끔 노래했다. 하지만 기분은 풀리지 않았다.

"저, 잠깐 화장실."

아사카가 자리를 떴다. 아무래도 반대편에 미야가 있어서 내

앞을 억지로 지나가지는 않았고, 이번에는 테이블을 우회해서 방에서 나갔다.

"~♪"

즐겁게 애니송을 부르는 미야. 그 모습을 보고 난 생각했다.

"……."

상담한다면 미야, 인가?

미야라면 이 뒤틀린 삼각관계 바깥쪽에 있는 데다 우리 셋 모두와 친하니 정성껏 상담해줄 것이다. 마히루와 아사카 사이를 중재해줄지도 모른다.

거기까지 생각하고 난 고개를 붕붕 저었다.

아니다 아니야.

미야에게 두 사람의 케어를 맡기는 건 근본적인 해결이 아니고, 지금 미야는 수험을 앞두고 매일 열심히 공부하고 있다. 쓸데없는 정신적 피로와 부담은 주고 싶지 않다.

역시 나 혼자 답을 내는 수밖에 없나. 하지만 아사카와 마히루. 둘 중 한 명만 선택할 수 있다. 둘 중 한 명은 슬프게 만들고 만다.

난 솔직히 누구에게도 연애 감정을 품고 있진 않지만, 여자로서 의식하고 있다면 하고 있다. 쇼난의 별장에서 아사카가 덮쳤을 때, 나도 모르게 욕정을 느끼고 말았다. 난 아사카를 여자로 보고 만 것이다.

그 일을 계기로 꼬맹이들은 더 이상 내가 알고 있는 건방진 꼬맹이가 아니라 여성의 매력이 넘치는 미소녀라는 걸 똑똑히 의식해버린 것이다.

육체적으로도 정신적으로도 추억 속의 소녀는 훌륭한 여성으로 성장한 것이다. 하지만 어렸을 때부터 알고 있는 10살 이상이나 차이가 나는 사람에게 연애 감정을 품는 건 일반적인 감성이 아니다.

"왔어요."

아사카가 돌아왔다.

마히루도 밤이 되면 합류할 것이다. 그때 그녀에게 어떤 답을 내야 하는가…….

*

"그럼 오늘은 이만 해산."

"감사합니다!"

체육관에 부원들의 목소리가 울렸다. 시각은 오후 5시. 부원들이 줄줄이 부실로 가는 걸 곁눈질로 보고 난 고문 선생님에게 말을 걸었다.

"저, 죄송합니다."

"왜 그러냐, 류샤쿠."

"잠깐, 할 얘기가."

"무슨 일이야?"

"그, 스카우트 일로──."

*

오후 5시 반.

계산을 끝내고 노래방에서 나왔다. 하늘은 남색이고, 밤의 어둠은 코앞까지 와있었다. 어두운 주차장을 걷는 도중에 미야가 갑자기 멈춰 섰다.

"어라?"

미야는 스마트폰을 꺼내 화면을 바라봤다.

"왜 그래? 미야."

바로 뒤를 걷고 있던 아사카는 미야의 어깨에 양손을 톡 얹었다.

"마히루, 오늘은 늦게까지 연습하니까 밥은 패스한대."

"뭐야?!"

"연습이면 어쩔 수 없네. 마히루, 고등학교 선수권 대회를 목표로 하고 있으니까."

"정말, 모처럼 아사카가 왔는데~."

마히루는 안 와?

"있잖아 미야, 잠깐 마히루한테 전화 걸어주지 않을래?"

"에~, 왜?"

"됐으니까, 부탁할게."

"어쩔 수 없네."

미야는 스마트폰을 귀에 대고 멍하니 하늘의 별을 올려다봤다. 1분 정도 기다렸지만 마히루는 전화를 받지 않았는지 아쉬운 듯이 스마트폰을 귀에서 뗐다.

"안 받아. 아직 연습 중인가 봐."

"그, 그런가."

어젯밤에 고백한 후 도망치듯이 차에서 나간 마히루. 그 후, 그녀는 내 연락에는 전혀 응하지 않았다. 그리고 오늘 저녁 약속도 취소하다니…….

그런 것들을 합쳐서 생각해보면, 혹시 날 피하는 게 아닐까 하는 불안한 마음이 샘솟는다. 아니, 실제로 피하고 있을 것이다. 갑작스러웠다고는 해도 마히루의 고백에 아무런 대답도 하지 못한 나에게 화내고 있는 것일지도 모른다.

"……하아."

난 한숨을 쉬었다.

*

유우 오빠, 역시 상태가 이상해.

대체 무슨 고민을 하고 있는 걸까.

마히루가 못 온다는 걸 알았을 때 노골적으로 놀란 눈치였고, 직접 걸면 될 텐데 굳이 미야한테 전화를 시킨 것도 조금 부자연스럽다는 느낌이 든다.

마히루 관련으로 뭔가 있었던 걸까?

……흐음.

3

일요일 정오를 넘긴 시간.

"여보세요, 아사카?"

"아, 마히루. 무슨 일이야?"

"아, 아니 그……."

아사카의 목소리를 듣고 있으면 죄책감에 가슴이 터질 것 같다.

"나 오늘도 부활동이 바빠서 그쪽엔 못 가."

"그렇구나, 아쉽다. 어제도 못 봐서 오늘 밤엔 보고 싶다고 생각하고 있었는데."

"미, 미안. 그, 그럼 안녕."

"그렇지, 마히루."

"어, 왜?"

"유우 오빠 말인데."

"유, 유우 오빠?"

"응. 유우 오빠, 왠지 기운이 없는데 뭔가 고민하고 있는 것 같아."

"――!"

"마히루, 뭔가 알고 있나 싶어서."

"아, 아니, 모, 모르겠어. 슬슬 휴식 끝나니까 끊을게."

"응, 이상한 거 물어봐서 미안해."

"그, 그럼 안녕."

"응, 연습 열심히 해. 바이바이."

통화가 끊어지고 뚜~, 뚜~ 하고 무기질적인 소리가 귀에 울렸다. 통화 종료라 표시된 화면을 보면서 난 한숨을 쉬었다.

침대에 누워 자기혐오에 시달렸다. 사실은 오늘 부활동 같은 건 없다. 오랜만에 하루 완전히 쉬는 날이다.

창문으로 비치는 햇볕은 한없이 밝아서 지금 내게는 너무 눈부셨다. 멍하니 스마트폰 화면을 보고 있으니 화면이 수신 화면으로 전환되었다. 모르는 번호다.

"네."

"여보세요. 류샤쿠니? 쿠마모토 엠프레스의 요시무라입니다."

"아, 안녕하세요."

요시무라라고 하면, 아마 이전에 스카우트 하러 온 중년 남자 쪽이었나.

"선생님한테 들었다. 자세한 이야기를 듣고 싶다면서. 기쁘구나."

"저기, 아직 정한 건 아니고 어떤 느낌인지 이야기를 듣고 싶은 건데."

"응 응, 괜찮아. 관심을 가져준 것만으로도 고맙지."

어제 고문 선생님에게 쿠마모토 엠프레스의 스카우트 제의에 대해 자세한 이야기를 듣고 싶다고 부탁했다.

"마침 다음 주 토요일에 시즈오카 원정 예정이 있어서. 류샤쿠만 괜찮으면 견학하는 김에 와줄 수 있을까. 우리 선수들의 경기도 가까이에서 볼 수 있어. 장소는——."

난 펜과 메모지를 들고 요시무라 씨가 말하는 시민 체육관의

주소를 적었다.
"그럼 다음 주를 기대할게."
통화가 끝나 스마트폰을 머리맡에 뒀다.
'도망친다는 선택지는 항상 머리에 넣어두라는 말이야.'
유우 오빠는 내 생일에 그렇게 말했다.
'싫은 일이나 괴로운 일이 있으면 그에 맞서는 것도 물론 중요하지만, 노력으로 어떻게 할 수 없는 일도 있어.'
'때로는 도망치는 것도 중요해.'
유우 오빠와는 더 이상 지금까지와 같은 관계로는 있을 수 없다. 사실 고백 같은 건 할 생각이 없었는데, 아사카와 스카우트에 대한 생각으로 머리가 가득 차서 마음이 툭 새어 나와버렸다.
내 마음이 알려져 버린 이상, 더는 지금까지처럼 유우 오빠를 대할 수 없다. 더는 남매처럼 농담을 하거나 놀거나 할 수 없다.
그렇다고 해서 유우 오빠의 대답을 들을 용기도 없다. 만약 거절당한다고 생각하면 너무 무서워서 견딜 수가 없다…….
착신 이력에는 유우 오빠한테서 온 착신이 몇 건이나 기록되어 있었다. 하지만 그 전화를 받을 용기는 없다.
스카우트 제의에 응해서 이대로 계속 배구로 바빠지면 유우 오빠를 만나지 않아도 될까.
도망치는 건 잘못이 아니야. 그래, 잘못이…….

*

월요일.
"마히루, 점심 먹자."
미야가 교실 문에 서 있었다.
"아, 어어."
나와 미야는 식당의 구석진 곳에 자리 잡았다.
"마히루, 요즘 바쁜 것 같네."
미야는 샌드위치를 먹으면서 말했다.
"뭐, 대회를 노리고 있으니까."
"토, 일요일 둘 다 못 놀 정도로 바쁘다니, 힘들겠다."
"……아하하."
"그건 그렇고 어제는 대단했어. 아사카가 갑자기 후지○ 하이랜드에 가고 싶다고 해서, 그거 알아? 전율미궁. 진짜 죽는 줄 알았어. 나도 아사카도 유우 오빠한테 계속 딱 달라붙어서——."
즐겁게 이야기하는 미야.
"유우 오빠, 재밌게 놀았어?"
"어? 아니, 유우 오빠도 비명 질렀어."
"유령의 집 말고, 후지○ 하이랜드."
"음~, 그러고 보니 왠지 가는데 의욕이 없었지. 피곤했던 걸까."
어제 낮에 유우 오빠가 기운이 없다고 아사카가 전해줬다. 나 때문에 유우 오빠에게도 부담을 주고 있다.
"마히루 기운이 없네."
미야는 걱정스럽게 내 얼굴을 들여다봤다.
"그냥 피곤해서 그래."

“……그래.”

만약 내가 유우 오빠에게 고백했다고 말하면 미야는 어떻게 반응할까. 깜짝 놀라겠지만 오랫동안 알고 지낸 미야라면 분명 진심을 다해 이야기를 들어줄 것이다. 하지만 미야는 유우 오빠와 아는 사이라서 망설여졌다.

“이번 주 주말도 계속 부활동 해?”

“……으, 응.”

“그렇구나. 마히루, 너무 무리하면 안 된다?”

미야는 순진하게 웃는 얼굴로 그렇게 말했다.

그 후, 내가 〈문 나이트 테라스〉에 가는 일 없이 시간은 흘러갔다. 유우 오빠가 연락은 몇 번이나 했지만, 그 연락을 받을 용기가 없다.

유우 오빠를 외면하듯이 배구에 열중했고, 정신을 차려보니 금요일이 되어 있었다. 오늘이 끝나면 다시 주말이 된다. 또 아사카가 유우 오빠를 만나러…….

평일 마지막 날의 점심시간.

미야는 미스연 모임이 있는지 오늘은 점심을 빠르게 먹더니 그대로 부실이 있는 교사로 가버렸다. 식당에서 멍하니 있는 것도 진정이 되지 않으니 나는 밖에서 산책이라도 하려고 출입구로 향했다.

흐린 하늘 아래로 발이 가는 대로 걸었다. 운동장에서는 남학생이 축구를 하며 놀고 있었고, 가로수길 갓길에는 나란히 앉아 도시락을 먹고 있는 커플이 있었다.

정신을 차리고 보니 난 안뜰에 있었다. 주위에는 아무도 없다. 잔디 위에 앉았다.

"하아."

그때——.

"왓."

갑자기 누가 어깨에 손을 올리나 싶더니 귓가에 깜짝 놀라게 만드는 목소리가 울렸다.

"꺅…… 뭐야, 유우히네."

아름다운 금색 머리카락에 맑은 파란 눈동자, 영국의 피가 들어간 단아한 용모.

토가미 유우히가 날 내려다보고 있었다.

*

거대한 가슴, 투명할 정도로 하얀 피부에 포동포동한 허벅지. 철벽성녀의 일각을 담당하는 마히루 선배가 혼자 비틀비틀 걷고 있는 것을 발견한 유우히는 몰래 뒤를 밟아봤다.

유우히의 존재를 알아차리지 못한 채로 안뜰의 잔디 위에 맞은편을 보는 채로 앉길래, 살짝 장난을 쳐볼 생각으로 뒤에서 놀라게 하니 예상 이상의 반응이 돌아와서 조금 기뻤다.

"깜짝 놀랐어요?"

"응, 놀랐어."

무릎을 안고 앉아있는 마히루 선배 옆에 유우히도 앉았다.

“어쩐 일이에요? 이런 곳에서.”
“그냥.”
마히루 선배의 목소리가 기분 탓인지 딱딱했다. 표정도 어둡고 평소의 생기발랄한 한여름 햇님 같은 느낌이 아니었다. 비유하자면, 이 가라앉은 흐린 하늘 같은 분위기였다. 그녀의 활기가 두꺼운 구름에 가려진 듯한.
무슨 일일까.
“무슨 고민, 있어요?”
“……티 나?”
“네, 뭐. 평소랑 분위기가 다른 걸요.”
“……실은. 좋아하는 사람한테 고백했어.”
“……흐음.”
“…….”
“…….”
“…….”
“…….”
“…….”
“……에에에에에에에엑!”
“자, 잠깐만, 그렇게 큰 소리 내지 마.”
“아, 죄, 죄송해요. 어, 그, 혹시 좋아하는 사람은 남자, 인가요?”
마히루 선배는 양 무릎 사이에 얼굴을 파묻고 작게 ‘응’이라 말했다.
귀, 귀여워. 가 아니라——.

머리 위에 대야가 떨어진 듯한 충격이 유우히의 몸을 휩쓸었다.

아아, 역시 그렇지.

아무리 특별히 사이가 좋다고 해도 미야 선배는 그냥 친구구나. 어렴풋이 그렇지 않을까 생각하고 있었지만, 역시 두 사람은 그냥 친구였구나. 둘의 사이가 좋은 걸 유우히가 멋대로 착각했구나.

"……하아."

"유우히도 고민 있어?"

"아, 아뇨 괜찮아요. 신경 쓰지 마세요. 엄청 충격을 받았지만 걱정 마세요."

"그, 그래."

그리고 마히루 선배는 이야기하기 시작했다.

평소 마히루 선배의 목소리를 알면 상상도 할 수 없는 가냘픈 목소리. 그런데도 댐이 터진 것처럼 말이 끊어지지는 않았다.

짝사랑하는 마음을 쭉 숨겨온 것. 고백을 해버리면 관계가 변해버린다고 공포를 느꼈던 것. 그리고 의도치 않게 상대에게 마음이 전해져 버린 것.

이 사람은 분명 누군가에게 털어놓고 싶었을 것이다. 누구에게도 고민을 말하지 못하고 혼자서만 안고 있었던 것이다. 유우히는 그렇게 이해했다.

"——그래서 말할 생각은 없었는데 나도 모르게 좋아한다고 말해버렸어."

"그랬군요. 그래서 상대는 뭐라고 했어요?"

설마 마히루 선배의 고백을 거절할 바보 천치는 이 세상에 존재하지 않겠지. 배구로 단련된 이 포동포동한 몸을 구석구석 감상할 수 있으니까.

"……."

"마히루 선배?"

"아직 못 들었어. 그렇다기보다는 듣고 싶지 않아."

"……네? 듣고 싶지 않다니, 무슨 말이에요?"

"그건……."

아무리 의도치 않은 고백이었다 하더라도 대답을 듣지 않는 건 좀 아니라고 생각한다. 경위가 어떻든, 한 번 마음이 전해져 버린 이상 상대의 대답을 듣지 않는다는 선택지는 없지 않을까?

어떤 결과로 끝나든 고백에 대한 답은 받아들여야 하고, 무엇보다 상대의 대답을 듣지 않으면 자신이 답답하지 않나?

안 되면 안 되는 대로 마음의 정리가 되니까. 그보다 마히루 선배의 고백을 거절하는 남자는 절대로 없을 것 같은데.

아, 어쩌면 지금은 배구에 집중하고 싶으니까 연애는 멀리하려고 하는 것일지도. 마히루 선배, 고등학교 선수권 대회를 목표로 한다고 했었지.

하지만 마히루 선배의 입에서 나온 말은 유우히의 상상을 초월했다.

"……무서워."

극한의 땅에 있는 것처럼 떨리는 목소리. 보니까 눈가가 젖어 있었다.

"무서워……?"

"대답이…… 만약 그 대답이, 사귈 수 없다는, 거라면."

볼에 한 줄기 눈물이 흘렀다. 목소리에도 눈물이 섞이기 시작했다.

"난, 더는 같이 있을 수 없게 되니까, 쭉 곁에 있고 싶었는데, 겨우 곁에 있을 수 있게 됐는데, 계속, 계속 숨겨두려고 했는데, 내 마음이 전해져서…… 그 사람이 날 좋아하지 않는다고 하면, 난 더 이상 그 사람 곁에 있을 수 없게 돼."

"마히루 선배, 딱히 차인다고 정해진 것도——."

"그래서 듣고 싶지 않아."

흐린 하늘에 마히루 선배의 목소리가 울렸다.

"그럼 어떡할 거예요?"

"아무것도 안 할 거야. 지금 이대로도 좋아."

"대답을 안 들은 채로 있겠다는 뜻이에요?"

"응."

"하지만 그렇게 답답한 상태로 그 사람이랑 만나도 서로 거북할 뿐——."

"안 만날 거야."

"네?"

"만나면 대답을 들어야 하잖아. 그러니까 안 만날 거야."

"안 만난다니."

"지금은 부활동으로 바쁘고, 그, 스카우트 일도 있고."

"……."

아무리 부활동이나 진로 문제로 바쁘다고 해도 전화나 라인 같은 것으로도 대화는 할 수 있고 사람과 사람이 완전히 관계를 끊는 건 불가능하다. 아는 사이라면 더더욱 그렇다.

"마히루 선배……."

혹시 이 사람은 구실이 필요할 뿐인 게 아닐까?

관계가 변하는 게 무섭다는 건 이해가 된다. 그러니 유우히는 마음을 계속 숨기는 것도 하나의 괜찮은 선택지라 생각한다.

하지만 대답을 듣지 않는 채로 있는 상황이 얼마나 유치하고 터무니없는 일인지 마히루 선배도 사실은 알고 있을 것이다. 그런데 자기 자신을 억지로 납득시키려고 하니까 이상해진 것이다.

"좀 심한 말 할 건데요, 그건 현재의 자신이 편해지도록 도망치는 것일 뿐 아닌가요?"

유우히가 그렇게 말하자 마히루 선배는 움찔 하고 허리를 폈다.

"도, 도망치는 건 잘못이 아니야."

"알고 있어요. 유우히도 괴로운 일이 있으면 도망치고 싶어져요. 하지만 역경에는 맞서야 해요!"

"……!"

"역경에 맞서서 악착같이 노력하고, 그래도 안 됐을 때. 그때서야 처음으로 도망친다는 선택지를 생각하는 거라구요. 이미 좋아한다고 말했죠? 그럼 각오하고 상대의 대답을 받아들여야 해요."

"……차, 차이면 더는 못 만나잖아."

"애초에 지금도 만날 생각 없잖아요?"

"윽."
"그럼 이대로 대답을 듣지 않고 질질 끌고, 그다음은 어떻게 할 거예요?"
"그건……."
"마히루 선배가 제일 하고 싶은 건 뭐예요?"
바람이 불었다. 사락사락 나뭇가지가 흔들리고 미지근한 바람이 우리를 감쌌다. 얼마나 그러고 있었을까. 마히루 선배는 입을 다문 채로 가만히 땅에 있는 잔디를 보고 있었다.
"──싫어."
"네?"
"쭉, 같이 있고 싶어."
쥐어 짜내는 듯한 목소리가 바람을 타고 흐린 하늘로 빨려 들어갔다.

4

──토요일 오전 9시를 넘은 시간.
하늘은 흐리다.
난 시즈오카역에서 나와 요시무라 씨가 가르쳐준 체육관으로 갔다.
역에서 걸어서 몇 분 걸리는 거리였다.
어제 유우히에게 독려를 받아 내 안에서 한 가지 각오가 선 것 같다. 유우 오빠에게 어떤 대답을 들어도 깔끔하게 받아들일 각오가.

내 바람은 유우 오빠와 쭉 함께 있는 것. 그러기 위해서는 유우 오빠의 대답을 들어야만 한다.

예스든 노든 유우 오빠의 마음을 받아들여야 한다.

차인다는 생각은 하고 싶지 않지만, 만약 유우 오빠에게 차이면 더는 연애 같은 건 하지 않을 것이다. 평생을 배구에 바치며 살아가자.

넓은 주차장에는 대형 버스 두 대가 서 있었다. 듣기로는 10월 시즌 개막 전에 마지막 조정을 시즈오카 팀과 한다고 한다. 입구로 안에 들어가니 딱 요시무라 씨가 있었다.

"아아, 기다리고 있었어. 류샤쿠."

"안녕하세요, 오랜만입니다."

요시무라 씨는 큰 배를 쓰다듬으면서 안내해줬다.

"마침 지금 연습 시합을 하고 있거든. 견학하고 가."

"네."

체육관 안에서는 연습 시합으로 느껴지지 않을 정도로 뜨거운 시합이 진행되고 있었다. 공이 격렬하게 날아다니고 벤치에 있는 선수들은 크게 소리쳐서 성원을 보냈다.

난 구석에 있는 계단으로 2층에 올라가 난간에 기대서 시합을 관전했다.

"리베로로 있는 게 우리의 간판선수 코하룽, 하나야마 코하루야. 알고 있지?"

혼자서 견학하고 싶었는데, 왜인지 요시무라 씨도 따라왔다.

뭐, 만약 이 팀에 들어가면 사이좋게 지내야 할 테니까 매정하게 대하면 안 되겠지.

하나야마 코하루는 몸집이 작은 선수였는데 그 움직임에는 절도가 있고 아무리 어려운 공이라도 달려들어서 받아냈다. 공에 대한 집념이 장난 아니었다.

"대단해……."

시합은 쿠마모토 엠프레스의 승리로 끝났다. 이후에는 휴식을 하고 선수를 교체해서 다시 시합을 한다고 한다. 시합이 끝난 후에 쿠마모토 엠프레스의 선수에게 소개될 예정이었지만 갑자기 취재가 들어와서 난 다른 방에서 기다리게 되었다.

멍하니 기다리고 있으니 한 여자가 방에 들어왔다.

긴 밤색 머리카락에 굴곡이 눈에 띄는 몸, 마치 아이돌처럼 예쁘장한 얼굴. 리베로용 빨간 유니폼을 입고 목에 수건을 걸치고 있었다.

"어라, 넌 아까 견학하던 애?"

하나야마 코하루였다.

난 일어나서 인사했다.

"처, 처음 뵙겠습니다, 류샤쿠 마히루입니다."

"네가 소문으로 듣던 류샤쿠구나. 난 하나야마 코하루, 잘 부탁해!"

"잘 부탁드립니다. 하나야마 씨."

"코하루라 불러도 돼."

"그럼, 코하루 씨로."

"엄청난 신인을 발견했다고 요시무라 씨가 난리였어."

"이야, 아하하."

"자, 긴장하지 말고 앉아."

코하루 씨는 그렇게 말하면서 내 정면에 앉았다.

"이것도 요시무라 씨한테 들은 건데, 류샤쿠는 키타고라면서?"

"아, 네 맞아요."

"나도 키타고 출신이야. 그립네. 동생도 지금 딱 키타고 3학년이거든."

"아, 린 말이죠."

"알고 있어?"

"네, 사이는 꽤 좋아요."

"와아, 세상 참 좁네."

코하루 씨는 처음 보는 나도 쾌활하게 대해주는 태양 같은 사람이었다. 이야기만 해도 기분이 고양되는 듯한…….

이런 사람이 왜 동생이랑 사이가 안 좋은 걸까.

"린은 옛날부터 어리광쟁이라서──."

"저기, 이런 걸 물어보는 건 실례일지도 모르지만, 린이랑은 사이가 별로 안 좋다고 들어서……."

"그, 그거, 누구한테 들었어?"

"린의 남자 친구한테요."

"엑, 린, 남자 친구가 있어?!"

"네."

"린 녀석, 남자 친구가 생겼으면 가르쳐달란 말이야."

"싸우기라도 했어요?"

"음~, 싸웠다고 해야 할까, 뭐랄까…… 가치관 차이라는 거지."

코하루 씨는 먼 곳을 보듯이 눈을 가늘게 뜨고 숨을 내쉬었다.

"류샤쿠는 남자 친구 있어?"

"아, 아뇨, 없어요."

난 얼굴 앞으로 손을 저었다.

"……반응을 보니, 좋아하는 사람은 있나 보네."

"네?"

"얼굴이 새빨개."

코하루 씨는 씨익 웃었다.

"좋구나, 청춘이구나. 고등학교 시절이 떠오르네."

"코하루 씨는 고등학교 때 연애 같은 거 했어요?"

"했지. 내 입으로 말하는 것도 좀 그렇지만, 난 내가 예쁘다는 자각이 있는 타입이라 자신의 외모에 자신감이 넘쳤어. 하지만 처음으로 좋아하게 된 사람한테 태어나서 처음으로 고백을 했는데 처음부터 차였거든."

차였다는 말이 내 마음을 무겁게 짓눌렀다.

"하지만 포기하지 않고 계속 대시했어."

"네?"

"이 방법으로 바꾸고 저 방법으로 바꾸고 다양한 방법으로 대시했지. 다시 생각해봐도 매일이 대단했어."

코하루 씨는 팔짱을 끼고 응 응 하고 고개를 끄덕였다.

"하지만 한번 차였죠?"

연애는, 차이면 그걸로 끝이 아니야?

"응, 하지만 난 그 사람이 아니면 안 된다고 생각하고 있었고, 무엇보다 후회하고 싶지 않았으니까. **인생은 한 번뿐**이잖아. 한 번 넘어진 정도로 자신의 마음을 포기하면 **아깝잖아**."

"……!"

그때, 내 안에서 뭔가가 크게 흔들린 듯한 느낌이 들었다.

"여러 일이 있었지만 최종적으로는 사귀게 되었고 지금도 연인 관계는 계속——."

"어~이, 하나, 잠깐 와봐~."

코하루 씨는 다른 선수에게 불려서 자리에서 일어났다.

"네~, 그럼 나중에 보자."

"아, 네."

홀로 남겨진 나는 코하루 씨가 한 말을 반추했다.

한 번뿐인 인생. 포기하면 아깝다.

"……."

줄곧 고백은 한 방 승부라고 생각하고 있었다. 예스인가 노인가, 앞인가 뒤인가, 한 번으로 결과가 정해지는 것이라 인식하고 있었다. 하지만 겨우 한 번으로 자신의 마음을 포기하는 건——.

"아깝다…… 라."

창밖을 보니 그렇게나 흐렸던 하늘은 어느샌가 맑게 개어 있었다.

5

일요일.

오랫동안 이어졌던 흐린 날도 어제 낮으로 끝나고 쾌청한 가을 하늘이 펼쳐져 있었다.

불어오는 바람은 쌀쌀하지만 햇살이 강해서 딱 좋다. 그런 기분 좋은 날씨지만, 내 마음에는 아직도 흐린 하늘이 정체되어 있었다.

테라스석을 정리하면서 난 한숨을 내쉬었다.

"하아……."

벌써 일주일 이상 마히루와 못 만났다.

미야와 아사카에겐 부활동이 바쁘다고 하고 있는 것 같지만, 마히루는 명백하게 날 피하고 있다. 아니, 화내고 있을 것이다. 연락을 해도 받아주지 않고, 〈문 나이트 테라스〉에 오지도 않는다.

지난주 금요일 밤에 고백을 받았을 때, 마히루의 마음을 들었을 때, 똑바로 받아주지 못한 게 가장 큰 원인일 것이라 생각하며 깊이 반성했다.

마히루는 용기를 쥐어짜서 고백했는데, 난 너무 충격을 받아서 나도 모르게 멍하니 있을 수밖에 없었다. 그런 식으로 대응하면 당연히 누구든 화를 낼 것이다.

이번 일주일 동안 아사카도 포함해서 여러 가지를 생각했다.

어느 한쪽의 마음을 받아들이는 것은 어느 한쪽을 버리는 것으로 이어진다. 게다가 우리 셋은 생판 남도 아니고 셋 다 10년 전부터 깊은 인연으로 연결되어 있다. 마히루든, 아사카든, 둘 중 어느 쪽을 고르든 남겨진 쪽과의 관계 악화는 피할 수 없다. 사이좋았던 두 사람이 나 때문에 서로 으르렁거리거나 싸우는 모습은 보고 싶지 않다.

나에겐 연애 경험 자체가 없지만, 삼각관계 때문에 지옥을 봤다는 이야기는 도쿄에 있을 때 동료나 거래처 사람에게 몇 번이나 들었다.

그렇다면. 난 생각했다. 나 때문에 마히루와 아사카의 사이가 나빠질 바에는 어느 쪽의 고백도 받지 않는 게 최선의 선택이 아닐까.

둘 다 아직 고등학생이다. 아직 아이다. 나 같은 아저씨한테 집착하는 게 애초부터 잘못됐다.

그래, 맞아. 마히루도 아사카도 장래에 더 좋은 남자와 만날지도 모르는데 나 같은 녀석과 엮이면 안 된다. 그 녀석들은 그냥 귀여운 동생 같은 아이들이고, 난 10살 이상 나이 차이가 난다. 둘 다 나 같은 것한테는 아까운 미소녀고 좋은 아이들이다. 무엇보다 그녀들은 아직 고등학생. 무한한 가능성이 눈앞에 펼쳐져 있으니까.

난 그렇게 스스로를 타일렀다.

“……후우.”

지금 내가 낼 수 있는 최선의 답은 이것밖에 없는 것 같다. 이거라면 지금까지처럼 관계를 유지――까지는 못 하더라도 최악의 사태는 피할 수 있을 것이다.

고백을 거절하는 이상, 그녀들이 날 미워하거나 싫어하는 건 물론이고 관계가 삐걱댈지도 모른다. 그러나 가장 원만하게 해결되는 답은 이것밖에 없다.

문제는 어느 타이밍에 말하는가. 할 거라면 빠른 편이 좋다.

마히루와 아사카는 아직 서로가 같은 사람── 날 좋아한다는 걸 알아차리지 못했다. 한 명씩 제대로 거절하면, 같은 사람을 좋아한 것 때문에 사이가 나빠질 일도 없을 것이다.

테라스석 정리를 끝내고 가게로 돌아가니, 내 방에서 공부하고 있었을 터인 미야는 가게에 내려와 있었다. 아무래도 출출했는지 딸기 파르페를 카운터석에서 먹고 있었다. 시각은 오후 3시를 넘겼다. 간식을 먹기에는 좋은 시간이다.

"미야, 공부는 순조로워?"

"응."

미야는 파르페를 입안 가득 넣고 먹으면서 행복한 표정을 지었다.

"아, 그렇지. 마히루랑 아사카, 나중에 온대."

"어?"

오늘은 집에 볼일이 있다고 해서 아사카는 저녁쯤에 온다고 했었다. 마히루는 여전히 연락이 안 됐었는데…….

"마, 마히루도?"

"응. 오늘은 부활동 쉬니까 아사카랑 같이 간다고 라인 왔었어."

"그, 그렇구나."

마히루가 온다…….

고백한 그날 밤 이후로 벌써 일주일 이상 만나지 못했다. 내가 만나러 가도 부활동이 바쁘다거나 이런저런 이유를 들어서 만나지 못했고, 라인이나 전화도 무시당했다. 그런데 오늘 마히루가 만나러 와주는 건가.

기쁘다는 마음 이면에서는 어떤 얼굴로 마히루를 보면 좋은가 하는 불안감이 치밀어올랐다. 만나는 이상 고백에 대해 언급해야만 하는데, 그러려면 미야와 아사카의 눈이 없는 곳에서 해야만 한다.

"있잖아, 오늘은 어디서 먹을래~?"

미야가 저녁에 대해 물었다.

"아직 안 정했는데, 어디 가고 싶은 곳 있어?"

"음~, 오늘은 일식 기분."

"파르페 먹고 있는 녀석이 할 말 아니잖아."

"파르페를 먹고 있으니까 일식이 그리워지는 거야!"

"알았어 알았어."

소바집에라도 데려갈까.

그리고 저녁 5시 반을 넘은 시간. 마히루와 아사카가 함께 왔다.

"어, 어어, 마히루."

"뭐야? 유우 오빠. 표정이 딱딱한데?"

마히루는 평소와 다름없는 태도다.

"유우 오빠, 저녁은 어디로 갈 거예요?"

아사카가 물었다.

"어, 그러니까, 소바라도 먹으러 갈까 해."

"좋네요."
"난 더 든든하게 먹고 싶은데."
"괜찮잖아, 마히루. 소바집에는 카츠동 같은 것도 있으니까."
"그것도 그런가. 좋아, 유우 오빠, 가자."
"어, 그래."
"미야, 가자."
"응."
마치 그날 고백 같은 건 안 한 것처럼 태도가 자연스러워서 난 당황했다. 마히루와 오랜만에 만나서 기쁘지만 솔직히 당황스러운 감정이 더 컸다.
뭐지?
마히루는 9일 동안 날 피하고 있었을 텐데 평소와 같은 분위기였다. 잘 지내고 있는 것 같아 안심했지만, 이건 대체…….
난 가슴에 응어리 같은 것을 품고 셋을 데리고 상점가에 있는 오래된 소바집으로 걸어서 갔다. 가는 도중,
"있잖아, 저번 주에 후지○ 갔지? 나도 가고 싶었어."
마히루는 삐진 것처럼 말했다.
'마히루 요즘 부활동만 하고 있지~'라고 말하는 미야.
"다음에 다 같이 휴일이 겹쳤을 때 또 가자."
아사카는 그렇게 말하더니 '갈 거죠?'라면서 날 올려다봤다.
"그, 그래."
어느덧 소바집에 도착했다.
"유우 오빠, 술 마셔요?"

"아니, 오늘은 됐어."
"난 세이로소바 두 개랑 카츠동 곱빼기에 모둠 텐푸라."
"여전히 잘 먹네, 마히루."
평소의 일상이 돌아온 것 같아 나는 가슴이 벅찼다. 하지만 이후에 아사카와 마히루의 고백에 대한 괴로운 결단을 말해야만 한다고 생각하니, 이번엔 가슴이 답답해졌다. 마히루도 신경 안 쓰고 있을 리가 없다. 고백에 대해 이야기할 준비가 됐기에, 오늘 날 만나러 왔을 테니까.
오늘 마히루에게 고백에 대한 대답을 해서 그 마음에는 응할 수 없다는 걸 똑바로 전하고, 다른 날에 아사카에게도 똑같이 호의를 받아들일 수 없다고 전한다.
그래, 이러면 된다. 이게 최적의 답이다.
식사를 마치고 상점가에서 센겐 대사로 가서 경내를 어슬렁어슬렁 산책했다. 암막에 감싸인 한적한 경내에 바람과 벌레 소리가 울렸다. 하늘에는 별이 반짝이고 아름다운 달이 장엄한 빛을 내고 있었다.
나는 걸으면서 마히루에게 할 대답을 머릿속으로 정리하고 있었다. 그리고 후지노미야역까지 가서 아사카를 배웅했다.
"그럼 다음 주에 또 봐."
"바이바~이."
"잘 가."
미야와 마히루가 손을 흔들었다. 그 뒤에서 나도 작게 손을 흔들었다. 아사카는 개찰구를 빠져나가 플랫폼으로 내려갔다.

그리고 미야를 하루야마가까지 데려다주고 마히루와 단둘이 되었다.

마히루와 어깨를 나란히 하고 밤거리를 걸었다.

"……."

"……."

우리는 말없이 어딘가로 가는 것도 아니지만 발을 움직였다. 나도 마히루도 서로 무슨 이야기를 해야 하는지 알고 있다. 그 비 오던 날 밤의 고백에 대해서 슬슬 이야기해야만 한다. 하지만 어떻게 말을 꺼내야 할까.

어느덧 우리는 〈문 나이트 테라스〉 앞까지 와버렸다.

"……좀 더, 걸을까."

"응."

간 곳은 근처의 공원이었다. 벤치에 앉아 둘이서 하늘을 올려다봤다. 마침내 이때가 왔다. 긴장으로 몸이 굳었다.

"있잖아, 마히루——."

내가 입을 열자 마히루는 그 말을 덮듯이 말했다.

"유우 오빠, 미안."

"어?"

"지금까지, 그, 무시해서."

"아, 아니, 그건 딱히……."

"나, 사실은 고백 같은 걸 할 생각은 없었어."

"에?"

"고백했는데, 만약 유우 오빠한테 차이면 어쩌나 생각했더니 무서워서."
"……."
"그렇게 될 바에는 이 마음은 쭉 숨겨두자고 생각하고 있었지만, 나도 모르게 툭 말해버렸어."
"마히루."
"그래도 말해버렸으니까 대답을 들어야 하지만, 만약 그 대답이 노면 싫으니까, 유우 오빠를 만나고 싶지 않아서, 그래서 연락도 무시하고…… 미안."
"아아, 그런 거였구나."
"미안해, 어린애 같은 짓을 했어."
마히루의 사정은 잘 이해했다.
그녀는 관계가 변해버리는 것을 걱정하고 있었다. 하지만 내가 할 대답은 마히루에겐 달갑지 않은 것이다. 지금은 마음을 독하게 먹어야 한다.
"마히루, 난──."
"그러니까, **지금은** 안 들을게."
"……뭐?"
"아마 유우 오빠는 날 동생처럼 생각하고 있겠지."
마히루는 내 쪽으로 고개를 돌렸다. 큰 눈동자가 가만히 날 응시했고, 시선이 사로잡혀 버렸다.
"그러니까 아직, 보류로 해둬."
"보, 보류?"
"예스 이외의 대답은 안 들을 거야. 유우 오빠가 날 좋아하게 될 때까지, 한 명의 여자로서 의식해줄 때까지 난 포기하지 않을 거고 노력할 거니까."

"마, 마히루. 무슨 소릴——."

"지금 유우 오빠의 마음이 어떤지는 모르겠지만, 예스가 아니라면 아무 말도 안 했으면 해. 뭐, 나한테 노를 들이대도 포기할 생각은 조금도 없지만. 한 번밖에 없는 인생이니까 난 절대로 포기 안 해."

난 뭘 하고 있는 거냐. 마히루한테 노라고 대답하는 거 아니었냐?

왜 난 아무 말도 못하는 거냐.

"그러니까 날 여자로서 좋아하게 되면, 사귀어도 좋다고 생각하면, 그때 다시 대답해주세요. 전 **언제까지나 기다릴게요**."

그리고 마히루의 얼굴이 가까워지나 싶더니 쪽 하는 소리가 나고 부드러운 감촉이 전해졌다.

"좋아해."

마히루는 그 말만 하고는 휙 일어났다.

"그럼, 내일 봐."

종종걸음으로 떠나가는 마히루의 뒷모습이 밤의 어둠 속으로 사라져 갔다.

볼에 남은 마히루의 입술의 감촉.

포기하지 않는다. 그 말에서 마히루의 각오 같은 것을 느꼈다. 목소리와 말투는 차분했지만, 마치 사냥감을 쫓는 육식동물과 같은 기백마저 느껴졌다.

허공을 가만히 바라보고 있으니 머리 한구석에 차츰차츰 무디고 무거운 무언가가 흘러들어왔다. 그리고 그건 전체에 퍼져 내 뇌 속을 가득 채웠다.

불쾌한 느낌이 아니다. 한숨 돌리는 듯한 **안심감**에 가까운 것이다.

이 감정은, 대체…….

에필로그 『매듭과 응원』

1

시간은 약간 거슬러 올라가 토요일 저녁.

나는 쿠마모토 엠프레스 견학을 끝내고 후지노미야로 돌아왔다.

해 질 녘 후지노미야역의 플랫폼. 계단으로 가는 인파에서 빠져나와 자판기에서 콜라를 사고 벤치에 앉았다.

떠나가는 전철을 지켜보면서 콜라를 한 모금 마셨다. 톡톡 터지는 탄산의 자극과 단맛이 기분 좋다.

"후우."

지금까지 계속 고민했던 게 거짓말이었던 것처럼 기분은 후련했다. 유우히와 코하루 씨에게 이야기를 하고 자신이 얼마나 아이 같은 짓을 했는지 뼈저리게 느꼈다.

특히 오늘 들은 코하루 씨의 이야기는 눈이 확 뜨였다고 해야 할까, 그런 생각도 있구나 하고 놀랐을 정도였다.

사랑이라는 것은 한 번 고백을 해서 그 성공 여부에 따라 모든 것이 정해진다고 생각하고 있었다.

차이면 끝.

그런 생각이 마음속에 있었기 때문에 나는 그렇게까지 고집을 피웠겠지. 유우 오빠와 쭉 함께 있고 싶은 게 나의 솔직한 마음. 그래서 난 자신의 마음을 숨겨왔지만, 몇 번이고 재시도 할 수 있다면…….

한 번뿐인 인생이니까 타협은 하지 않는다.

돌아봐 줄 때까지 포기하지 않고 계속 대시하는 것이 내가 할 수 있는 유일한 일이니까.

유우 오빠 곁에 있을 수 없는 인생에 의미가 있나?

아니, 없다.

가슴팍에 있는 로켓펜던트를 손으로 감쌌다. 유우 오빠에게 생일 선물로 받은 것이다. 안을 여니, 내가 넣은 유우 오빠의 사진이 날 바라보고 있었다.

"유우 오빠……."

오늘이나 내일이라고 유우 오빠를 만나서 고백에 대한 이야기를 해야만 하는데, 그 전에 꼭 해야 하는 일이 딱 하나 있다.

난 스마트폰을 꺼내 전화를 걸었다. 잠시 후, 전화가 연결되었다.

"여보세요, 마히루?"

*

그날 오후 9시. 난 걸어서 겐도지가를 방문했다.

오늘 밤 둘이서 만나고 싶다는 내 부탁을 받고 아사카는 '그럼 우리 집에서'라고 말하며 초대해줬다.

"늦게 미안해."

"괜찮아."

아사카의 방으로 안내를 받았다.

"뭐 좀 마실래?"

"아아, 그럼, 콜라."

"응, 기다려."

아사카의 방은 언제 와도 변함이 없네.

가구 배치와 놓여 있는 물건──자질구레한 물건조차──, 그리고 감도는 향기까지도 어릴 때 그대로다. 저 큰 침대 위에서 프로레슬링 놀이를 하기도 하고, 이 테이블에서 과자 파티를 하기도 하고…… 이 방에는 많은 추억의 잔향이 차 있다.

아사카는 쟁반에 콜라와 아이스티가 든 잔을 얹어서 돌아왔다.

"기다렸지."

"고마워."

콜라에 입을 댔다. 아사카도 내 옆에 앉아서 아이스티를 마셨다.

"요즘 계속 못 봐서 섭섭했다?"

"이야, 부활동이 바빠서 말이야."

"마히루, 오늘은 시즈오카에 갔었다면서."

"응, 스카우트한 팀이 원정하러 온다고 해서. 이래저래 공부가 됐어."

"그 팀으로 가기로 한 거야?"

"아니, 그런 건 또 아니긴 해."

아사카는 오늘도 유우 오빠한테 갔나 싶었는데 아무래도 아닌 듯했다. 확실하진 않지만 아리츠키가는 친척집에 갔다고 한다.

"그래서 오늘은 미야랑 데이트 했어. 쇼핑하고, 노래방 가고."
"그 녀석, 공부는 괜찮은가……."
"우후후, 평일에 열심히 하고 있거든, 이래."
아사카는 미야의 말투를 흉내 냈다.
"지금 거 미야랑 비슷했어."
"후후, 그래?"
그 후 한동안 우리는 근황 정보를 주고 받는 잡담으로 이야기 꽃을 피웠다.
"있잖아, 아사카."
"왜?"
난 무릎을 꿇고 앉아서 아사카가 있는 쪽으로 몸을 돌렸다. 심장의 고동이 격해지고 덥지도 않은데 몸이 뜨거워졌다.
"……나, 아사카한테 사과해야 하는 게 있어서."
"……어?"
우리 사이에 침묵이 흘렀다. 째깍째깍 하는 무기질적인 초침 소리가 유난히 크게 들렸다.
나는 각오를 다지고 입을 열었다.
"사실, 별장에서 전화한 거…… 나야."
그 말만으로 아사카는 모든 것을 이해한 것 같았다.
"그때 아사카를 방해한 건 나야. 정말 미안해."
난 머리를 숙였다.
"……그랬구나."
호통을 듣거나 얻어맞아도 불평할 수 없다고 생각하고 있었지만, 아사카의 반응은 예상 밖이었다.

그녀는 얼굴을 빨갛게 물들이고 볼에 손을 댄 채 시선을 피하고 있었다.

"그런가, 그렇구나. 흐, 흐음…… 그래."

아사카는 볼에 대고 있던 손으로 입을 막고 쑥스러운 듯이 가만히 비스듬히 아래를 계속 봤다.

"보고 있었구나, 마히루……."

"응, 미안."

"……어디서 본 거야?"

"베란다에서. 커튼에 틈이 있어서."

"아아."

쇼난 여행의 밤, 유우 오빠에게 상담하러 가려고 했던 것, 유우 오빠의 방문이 잠겨있었던 것, 그리고 아사카의 방문이 열려 있던 것 등등, 유우 오빠의 방을 엿보게 된 과정을 설명했다.

"그 타이밍에 발신자 표시 제한 전화가 걸려오는 게 이상하다 싶었어. 아아, 그렇구나. 어쩐지. 마히루는 유우 오빠가 착신음에 트라우마가 있다는 걸 알고 있지."

"아사카. 나도 있잖아, 유우 오빠가 좋아."

내가 그렇게 말하자 아사카는 이쪽으로 시선을 돌렸다. 양손을 무릎 위로 포개고 가만히 날 바라봤다. 입가에는 웃음을 띠고 있지만, 눈빛은 아주 진지했다.

"나, 유우 오빠한테 고백했어."

아사카의 입가에서 웃음이 사라졌다.

“유우 오빠는 뭐래?”

“……몰라. 아직 대답은 안 들었으니까.”

“……? 무슨 소리야?”

그리고 난 일주일 전에 고백한 경위에 대해서도 설명했다.

“——그래서 사실은 고백할 생각은 없었는데 머릿속이 뒤죽박죽이 돼서 무심코 좋아한다고 툭 말해버렸어. 하지만 대답을 듣는 게 무서워져서, 고백이라는 게 이렇게 무서운 것이라는 걸 알고.”

난 주먹을 꽉 쥐었다.

“……아사카한테 심한 짓을 했어.”

“나한테?”

“아사카는 용기를 내서 유우 오빠한테 고백했는데, 내가 그걸 망쳤어.”

나는 당사자가 되고서야 처음으로 얼마나 잔혹한 짓을 했는지 이해한 것이다. 아사카는 도망치지 않고 유우 오빠에게 자신의 마음을 전했는데, 내가 그걸 이기적인 마음으로 부숴버린 것이다.

“미안해, 아사카.”

난 다시 머리를 숙였다.

“마히루, 고개 들어.”

“아사카.”

아사카의 표정은 웃는 얼굴로 돌아와 있었다.

“난 딱히 화 안 났어.”

“……거짓말.”

일생일대의 고백을 망쳤는데 화내지 않을 사람은 없다.
“정말이야. 그도 그럴게 나랑 마히루의 입장이 반대였으면 분명 마히루랑 똑같이 했을 거야. 표현이 좋지는 않지만, 연애는 결국 자신이 행복해지지 못하면 의미가 없으니까.”
“응, 그건 동감해.”
“그러니까 무슨 수를 써서든 유우 오빠를 차지할 거야. 난 쭉 그래왔고, 앞으로도 그렇게 할 생각이야. 그러니까 마히루도 나한테 부담 가질 필요 없어.”
말투는 부드럽지만 강한 신념이 담겨있다는 걸 잘 알 수 있었다. 아사카가 유우 오빠에게 품은 강한 마음을.
“……고마워.”
“내일은 유우 오빠 만날 거야?”
“응. 하지만 그 전에 아사카한테 사과하는 게 책임을 지는 거라 생각해서.”
“마히루, 착실하네.”
“그런가.”
그렇다. 아사카에게 사과하는 것이 바로 내가 해야 할 일이었다.
몰래 아사카를 방해해버린 내가, 그 일에 대해서는 아무런 사과도 하지 않고 유우 오빠에게 마음을 전하는 건 도리가 아니다.
“벌써 시간이 늦었는데 자고 갈래?”
“괜찮아?”
시계를 보니 벌써 11시가 지나 있었다.

"응."
"그럼 자고 갈게."
그 후, 아사카와 같이 목욕을 하고 갈아입을 옷은 아사카의 것을 빌렸다. 침대에 들어가자 아사카는 손을 잡았다.
"마히루, 유우 오빠의 어떤 점이 좋아?"
"음, 다정한 점, 이라던가."
"후후, 똑같아."
우리는 어릴 때부터 쭉 함께였고, 단순한 친구가 아닌 자매 같은 관계였다.
하지만 앞으로는 라이벌이 된다. 오늘이, 마지막 밤…….

2

창문 너머로 보이는 야경. 좌석에서 전해지는 진동.
카나가와로 돌아가는 길은 언제나 우울하다. 다음 휴일까지 유우 오빠를 못 만나게 되니까.
그건 그렇고 어제는 깜짝 놀랐어.
요즘 유우 오빠의 상태가 이상했던 건 그래서였구나. 마히루 관련으로 뭔가 있었을 것이라 생각은 하고 있었지만, 설마 고백을 했을 줄이야.
강력한 라이벌이 되겠지. 유우 오빠의 고지식함은 보통이 아니니까.
우후후. 응원할게, 마히루."

하지만 이기는 건 나야.

연애라는 건 자신이 행복해지지 않으면 의미가 없다. 나에게 유우 오빠는 인생 그 자체니까 유우 오빠와 맺어지지 못하는 인생에 의미 따위 없다.

눈을 감으면 눈부신 추억의 나날이 눈꺼풀 뒤에 떠오른다.

나, 마히루, 미야, 그리고 유우 오빠.

넷이서 보낸 보물 같은 나날이…….

3

아침 햇볕이 눈부시다.

차가운 이른 아침의 공기를 헤치며 자동차가 눈앞에 있는 도로를 오갔다. 정적을 진동시키는 배기음이 어딘가 처량하게 느껴지는 건 오늘이 월요일이라서일까.

나는 빗자루를 들고 테라스석 청소를 시작했다.

그렇게나 이 거리를 떠들썩하게 한 여름의 여운은 더 이상 어디에도 남아 있지 않았고, 계절은 가을 옷으로 갈아입기 시작한 듯했다. 가을은 싫지 않지만 그렇게 좋아하지도 않는다. 자기 생일은 가을이 한창일 때 있으면서.

여름이 가진 활기와 비일상감. 그런 것들이 크면 클수록, 여름이 즐거우면 즐거울수록 축제가 끝난 뒤의 고요함처럼 여름이 간 뒤의 허전함이 한층 더 강해지기 때문일 것이다.

무슨 말이 하고 싶은 거냐 하면, 그, 뭐냐. 올해 여름은 즐거웠다는 뜻이다.

그 녀석들이랑 같이 여러 곳에 놀러 가고 여름을 만끽했다. 그 즐거웠던 나날은 더는 돌아오지 않는다. 적어도 이전과 같은 사이로 지내는 나날은…….

"유우 오빠."

익숙한 목소리가 들리고, 내 심장이 쿵 하고 뛰었다.

보니까 거기엔 운동복을 입은 마히루가 있었다.

"어, 어어. 마히루구나. 안녕."

"안녕."

"일찍 일어났네."

지금 시각은 6시 50분이다.

"아침 연습 있어서."

"그, 그렇구나."

무슨 말을 하면 좋을까.

"유우 오빠."

"왜, 왜?"

마히루는 배 근처에서 손을 맞잡고 꾸물꾸물 움직였다.

"그, 어제 말한 것 말인데, 나, 진심이야!"

그녀의 얼굴은 사과처럼 빨개졌다.

"언제까지나, 기다릴 테니까."

"언제까지나라니……."

"언제까지나는 언제까지나야. 그럼."

마히루는 뛰어서 떠나갔다. 그 뒷모습이 어젯밤의 광경과 겹쳐 어젯밤의 일이 뇌리에 되살아났다.

난 마히루를 찰 생각이었다. 그 마음에는 응해줄 수 없다고 어른으로서 대응할 예정이었다.

마히루뿐만이 아니다. 똑같이 나에게 호감을 품은 아사카에게도 두 사람이 나 때문에 사이가 틀어지지 않도록 분명히 거절할 생각이었다.

하지만 마히루는 내 상상을 아득히 초월하는 말을 한 것이다.

지금은 내 대답을 듣고 싶지 않다는 말. 마치 내가 무슨 말을 할지 알고 미리 못을 박는 것 같았다.

내 마음이 마히루에게 갈 때까지 그녀는 언제까지나 기다릴 거라고 한다. 마히루의 각오와 기백에 난 더 이상 아무 말도 할 수 없었다. 그렇다기보다는 지금 내가 무슨 말을 해도 의미가 없다. 왜냐하면 마히루는 언제까지나 쭉 기다릴 생각이니까.

왜 이렇게 돼버린 건가.

난 어디서 선택을 잘못한 걸까.

내가 당초에 상정했던 것과는 또 다른 방향으로, 좋지 않은 방향으로 일이 굴러간다는 느낌이 심하게 든다.

마히루와 아사카가 날 두고 사이가 안 나빠지도록 하는 것이 최우선 사항이었을 것이다. 하지만 마히루가 지금 내 마음과는 상관없이 계속 기다릴 각오가 있다고 한다면, 그건 더 이상 이루어질 수 없는 바람이다.

마히루와 아사카가 서로의 마음을 알아차리는 건 시간문제다.

둘은 나에게 귀여운 동생 같은 아이지만, 여자로서 의식하고 있는 것 또한 사실이다. 앞으로 우리 셋의 관계는 어떻게 될 것인가.

그걸 생각하면 속이 쓰렸다.

*

"마히~, 아침부터 달리네."

"연습이니까 전력을 다하지 않으면 의미가 없잖아."

"그래도 평소보다 더 힘이 들어간 것 같아."

"그런가."

"움직임도 평소보다 날카롭고. 뭐 좋은 일 있었어?"

"아니, 아하하."

지금까지 날 우울하게 만들던 고민이 해결돼서 그런지 놀라울 정도로 몸이 가볍게 느껴졌다. 마치 날개라도 달린 것 같다.

아침 연습을 끝내고 샤워를 하고 교복으로 갈아입었다.

나는 내가 선택한 길에 후회하지 않는다. 내가 할 수 있는 건 이것밖에 없고, 유우 오빠를 포기하는 건 정말 싫다.

하지만 딱 한 가지 마음에 걸리는 게 있다면, 그건 아사카다.

우린 지금까지 쭉 자매라 해도 과언이 아닌 친한 친구였다. 하지만 앞으로는 한 남자를 두고 쟁탈하는 라이벌이 된다.

연애는 전쟁이다. 그리고 사랑의 전쟁의 승자는 한 명뿐이다. 설령 상대가 아사카라고 해도 난 절대로 질 생각이 없다.

점심시간이 되어 미야와 같이 점심을 먹었다.

"에엣, 마히루, 그렇게나 먹는 거야?"
"이 정도는 보통이잖아."
"평소보다 많지 않아? 어제 소바집에서 그렇게 먹었는데……."
"아침 연습으로 에너지 썼으니까 괜찮아."
햄버그스테이크 정식에 로코모코 곱빼기에 야키소바빵에 디저트인 과일 샌드위치 정도는 호들갑 떨 정도의 양이 아닌데.
"햄버그스테이크가 겹쳐 있어……."
"햄버그스테이크가 제일 힘이 나."
난 점심식사를 끝내고 자리에서 일어났다.
"어디 가? 서, 설마 더 먹을 생각은……."
"아니라니깐. 잠깐 볼일이 있어서."
"응, 알았어."
미야와 헤어지고 2학년 교실이 늘어선 3층으로 향했다.
"어디 보자, 분명…… 아, 찾았다. 어~이, 유우히."
난 문으로 얼굴을 살짝 비치고 유우히를 불렀다. 벌써 식사를 끝냈는지 그녀는 창가 자리에서 친구와 담소를 나누고 있었다.
"어? 아, 네~."
내가 온 걸 알아차리자 유우히는 종종걸음으로 다가왔다.
"무, 무슨 일이죠."
"지난주 일로 고맙다고 하고 싶어서. 잠깐 시간 있어?"
"네!"

*

지난주 금요일과 같은 장소에 둘이서 앉았다.

오후 햇살은 따끈따끈 느낌이 좋았고, 하얀 구름이 기분 좋게 하늘을 떠다녔다.

언제나의 한가로운 점심시간이지만, 유우히의 마음은 화창한 파란 하늘과는 전혀 다르게 무거웠다. 마히루 선배는 십중팔구 고백에 대해 이야기할 것이다.

그때 마히루 선배가 너무 어린애처럼 말을 해서 유우히는 마음을 독하게 먹고 자극을 줬다. 하지만 결국 마히루 선배의 사랑이 어떤 결과를 얻었는지는 아직 못 들었다.

만약 결과가 안 좋으면 어떡하지. 어떻게 격려하지.

"고마워, 유우히."

"뭐가요?"

"유우히가 독려해줘서 나, 각오가 됐어."

"아뇨, 유우히는 그렇게 대단한 일은 안 했어요. ――그보다 너무 주제넘게 나선 것일지도 모른다고 생각하기도 했는데."

"나 있지, 절대로 포기 안 할 거야."

"포기 안 한다니……."

어? 혹시 차인 거야?

설마 안 된 거야……?

"마, 마히루 선배, 결과는 어땠어요?"

유우히는 과감하게 물었다.

"사실은――."

그리고 마히루 선배가 해준 이야기는 유우히의 상상을 초월하는 것이었다.

"――그러니까 난 계속 기다릴 거야. 지금 마음이 어떻든, 그 사람이 날 돌아봐줄 때까지 난 포기 안 할 거고, 언제까지나 기다릴 거야."

"……에에."

마히루 선배의 설명을 듣고 유우히는 마음속으로 머리를 싸맸다.

아니아니아니아니아니아니.

산뜻한 표정을 짓고 있지만, 결국 자신을 돌아봐줄 때까지 계속 집착한다는 거지?

유우히가 독려해서 이상한 스위치가 켜졌나 봐.

물론 한두 번 차였다고 해서 기죽지 않고 상대를 좋아하는 사람도 있지만, 마히루 선배가 하려고 하는 건 까딱 잘못하면 스토커 같은 짓…….

위험해 위험해. 유우히는 그럴 생각이 아니었어.

마히루 선배가 현재 상황이 편해지는 쪽으로 도망치지 않고 상대의 마음을 받아들이도록 앞을 봐줬으면 해서 독려한 건데.

지금 마히루 선배는 상대만 보고 계속 등에 달라붙어 있는 것이나 마찬가지야. 마히루 선배의 굳은 심지가 비뚤어진 방향으로 작용한 느낌이다.

"그래서 유우히한테 부탁이 있는데."

마히루 선배는 곁눈으로 유우히를 봤다. 그 눈은 맑았지만,

살인 청부업자처럼 흔들림이 없었다. 고양이 앞에 있는 쥐는 이런 느낌이었구나.

"아, 네. 뭘까요."

"앞으로도 있지, 가끔씩 연애 상담을 해줬으면 해."

"어, 그, 유우히가, 말인가요?"

"응. 철벽성녀의 인연으로. 괜찮을까?"

유우히가 불을 피운 이상 못 한다고는 입이 찢어져도 말할 수 없고 상담할 사람이 없으면 마히루 선배가 폭주해버릴지도 모른다. 아니, 무조건 폭주할 것이다. 언제까지나 기다린다는 가시밭길을 선택할 정도니까 자유롭게 하게 두면 언젠가 뭔가 위험한 일을 저지를 것 같은 느낌이 든다.

어쩔 수 없다, 유우히도 각오를 다지자. 어중간하게 참견할 바에는 마지막까지 지켜보자고.

"……아, 네. 알겠어요."

"정말? 고마워."

마히루 선배는 유우히에게 안겼다. 크고 부드럽게 부푼 곳의 감촉이 유우히를 녹였다. 그건 그렇고 이런 가슴에게 집착을 당하다니, 상대 남자는 전생에 어떤 덕을 쌓은 걸까.

"참고로 상대 남자는 어떤 사람이에요?"

"어?"

"우리 학교 사람이에요?"

"음~…… 그건."

마히루 선배는 얼굴을 빨갛게 물들이고 시선을 아래로 내렸다.

양손으로 입을 막고 가냘픈 목소리로 한마디.

"아직, 비밀."

귀여워.

"그러고 보니 미야 선배는 이 일에 대해 알고 있어요?"

문득 의문이 들었다. 마히루 선배와 미야 선배 사이라면 연애 상담을 하고 있어도 이상할 것이 없다. 듣기로는 두 사람은 어릴 때부터 친한 친구라고 한다.

"미야한테는…… 아직 말 안 했어."

"그런가요."

의외다. 이미 상담하고 있는 줄로만 알았다.

"유우히, 아까 그거 말인데, 미야한테는 절대로 말하면 안 돼."

마히루 선배는 유우히의 양 어깨에 손을 얹고 말했다. 진지한 표정이다.

"에? 왜요?"

"왜냐니…… 그."

"?"

마히루 선배는 시선을 돌리고 손을 가슴 앞으로 가져왔다.

"부, 부끄러우, 니까."

이 사람은 하나하나 다 귀엽네.

활기라는 개념을 의인화한 것 같은 사람이라 생각했는데 연애 방면이 되면 그런 활발한 면은 완전히 사라지고 순진한 소녀가 된다니, 갭이 굉장해.

"아무튼 미야뿐만 아니라 나한테 좋아하는 사람이 있다는 건 아무한테도 말하면 안 돼. 아직은 나랑 유우히만의 비밀로 해 둬. 부탁할게!"

팡 하고 손을 맞대자 그 큰 가슴이 덜렁 하고 흔들렸다.

"알았어요, 알았어요."

그 가슴에 부탁을 받으면 안 된다고 할 수 있을 리가 없잖아. 그건 그렇고, 이로써 철벽성녀 중 한 명이 함락된 건가.

"고마워."

"참고로 노리고 있는 남자는 타입으로 치면 어떤 느낌이에요?"

"타입인가. 음~."

마히루 선배는 고뇌하는 표정으로 낮은 소리를 냈다. 마히루 선배가 사랑할 정도니까 분명 다부지고 남자다운 느낌이겠지.

"태평하고, 얼빠졌고, 둔감하고——."

……그거 좋은 이미지야?

"하지만 다정해."

"흐음."

마히루 선배가 이렇게까지 좋아하는 남자다. 분명 나쁜 사람은 아니겠지.

어느덧 점심시간의 끝을 알리는 종소리가 교내에 울려 퍼져 우리는 각자의 교실로 돌아갔다.

후기

건방진 꼬맹이 제5권, 어떠셨나요.

이번 권에서 히로인 레이스에서의 마히루의 스탠스가 명확해졌습니다.

위험하네요. 이건 좀 위험해.

좋아하는 사람이 자신을 선택해줄 때까지 언제까지고 기다린다는 건 어떻게 보면 최강의 전법입니다. 이로써 유우 오빠의 퇴로는 완전히 사라졌습니다.

그야 기다리고 있는걸. 차버리든 다른 여자를 고르든, 마히루는 계속 언제까지나 기다리고 있는걸…….

마히루의 굳은 심지가 이상한 방향으로 작용해버린 결과라 할 수 있겠죠.

애초에 마히루는 겨우 돌아온 유우와의 일상, 유우와의 관계를 잃지 않는 것이 최우선 사항입니다. 하지만 아사카가 유우에게 마음을 전하고, 우연히 그걸 알게 되어서 마히루는 현상유지는 불가능하다는 현실을 깨닫습니다.

그때부터 마히루는 약해졌습니다. 그렇게 활기차 보이던 마히루가 사실은 가장 충격에 약한 게 참…….

뭐, 실업팀 스카우트에 아사카의 고백, 이 둘은 마히루가 원하던 '유우와의 일상'을 정면으로 파괴하는 사건이니 마히루가 우울해하는 것도 이해됩니다.

아사카의 고백을 방해해버렸다는 부담감 때문에 자신의 마음을 유우에게 전할 용기도 나지 않아 헛되이 시간만 흘러갑니다. 그리고 본인의 뜻과는 반대로 마음이 툭 새어나와 버려서 마히루는 끝내 궁지에 몰립니다.

그런 마히루를 구한 사람이 유우히와 코하루. 특히 코하루에게 큰 영향을 받았죠.

한 번 뿐인 인생이니까 한 번 실패했다고 포기하는 건 아깝다.

고백은 한 방 승부라 생각하고 있던 마히루는 분명 눈이 확 뜨였을 것입니다. 여기서 앞서 말한 '언제까지나 기다릴게'로 이어지고, 이로써 마히루도 유우를 둘러싼 히로인 레이스에 당당하게 참전하게 되었습니다.

아사카에게 유우는 인생 그 자체이며, 유우에게 선택받지 못하는 인생에 의미 같은 건 없다.

그리고 마히루는 유우가 선택해줄 때까지 언제까지나 기다린다.

어라?

이거, 유우 오빠 망한 거 아냐?

어느 쪽을 선택해도 결국 피의 참극이 일어날 것 같은 느낌이…… 일단 달을 둘러싼 히로인 레이스는 아침과 낮이 정면으로 부딪칠 것 같은 예감?*

---

*아사카, 마히루, 아리츠키의 이름은 한자로 각각 朝華, 眞昼, 有月라고 표기하는데 이름에 아침, 낮, 달이 들어가 있어서 이런 식으로 비유한 것이다.

현재 선두로 독주하는 아사카를 마히루가 어떻게든 따라잡은 느낌일까요. 아사카는 주말에만 후지노미야에 귀성할 수 있으니, 유우히라는 강력한 브레인을 같은 편으로 만든 마히루가 어떻게 나오느냐에 따라서는 선두가 될지도?

그건 그렇고 건방진 꼬맹이는 좀 무겁고 위험한 아이밖에 없는 건가. 아니, 아직 미야가 있다. 건방진 꼬맹이계의 청량제, 미야라면 유우를 치유해줄 것입니다.

미야의 위치는 어떻게 보면 가장 유리하지만, 본인이 그걸 알아차리지 못했으니 앞으로 어떻게 그 허당 소녀가 참전하게 되는지 기대해주세요!

그리고 다른 이야기인데 만화화 됩니다. 구체적인 시작 시기는 아직 말할 수 없지만 연재를 목표로 준비는 착실하게 진행되고 있습니다!

아직 콘티 체크 단계지만, 콘티 시점부터 건방진 꼬맹이의 세계가 만화의 형태를 갖추고 있고 캐릭터도 귀여워서 만화가 선생님의 대단함에 감동하고 있습니다.

콘티라는 것의 존재는 지식으로 알고 있었지만, 실제로 자신이 그걸 업무로서 확인하게 될 줄은 몰랐어요. 인생은 무슨 일이 일어날지 알 수 없네요.

꼬맹이들의 캐릭터 디자인도 '만화'로 잘 구현되어 있어서 전 가끔씩 만화판 캐릭터 디자인 표를 다시 보고 히죽거리고 있습니다.

특히 마히루가 커서 좋아요.

빨리 독자 여러분도 읽어줬으면 합니다.

참고로 '건방진 꼬맹이와 옛날 놀이'에서 유우의 파트너는 스팅거 스콜피온스였는데, 저자의 파트너는 뱅가드 ○닉스였습니다. 이게 더 조여 쓰기가 쉽단 말이죠.

1990년대 후반부터 2000년대에 어린 시절을 보낸 사람은 아마 오락에 관해서는 가장 축복받은 시대를 살지 않았을까요.

포○몬에 유○왕, 듀○ 마스터즈, 베○블레이드에 비○맨. 지금도 인기 많은 콘텐츠의 여명기를 어린 시절에 체험한 세대는 이전에도 없었고 앞으로도 유토리 세대뿐이겠죠.

얼마 없는 용돈으로 카드 팩을 사고, 킬러 카드가 나왔을 때의 흥분이란…….

어른이 되어 박스깡을 할 수 있는 지금은 더 이상 그 시절의 감동을 맛보는 건 불가능하겠죠.

마지막으로 일러스트를 담당해주신 히게네코 씨, 담당 편집 N씨, 그리고 읽어주신 여러분, 감사합니다!

2024년 7월 모일 칸자이 유키

10NENBURI NI SAIKAISHITA KUSOGAKI WA SEIJUN BISHOJO NI SEICHOSHITEITA Vol.05

**10년 만에 재회한 건방진 꼬맹이는
청순 미소녀 여고생으로 성장해 있었다 5**

2025년 3월 15일 1판 1쇄 발행

저　　자 칸자이 유키
일러스트 히게네코
옮 긴 이 박정철
발 행 인 유재옥
총괄이사 조병권
출판본부장 박광운
담당편집 박치우
이　　사 조병권
편집 1팀 박광운
편집 2팀 정영길 박치우 조찬희
편집 3팀 오준영 권진영 이소의 정지원
디자인랩팀 김보라
디지털사업팀 김경태 김지연 윤희진
콘텐츠기획팀 박상섭 강선화
라이츠사업팀 김정미 이윤서
영업마케팅팀 최원석 이다은 윤아림
물 류 팀 허석용 백철기
경영지원팀 최정연
인쇄제작처 ㈜코리아피엔피
발 행 처 ㈜소미미디어
등　　록 제2015-000008호
주　　소 서울시 마포구 토정로222, 502호 (신수동, 한국출판콘텐츠센터)
판매 및 마케팅 (070) 8822-2301

ISBN 979-11-384-8599-9 04830
ISBN 979-11-384-8069-7 (세트)